MAFUTA ENGURUVE

naTrust Mutekwa

First published in Great Britain in 2024 by:

Carnelian Heart Publishing Ltd
Suite A
82 James Carter Road
Mildenhall
Suffolk
IP28 7DE
UK
www.carnelianheartpublishing.co.uk

Paperback ISBN   978-1-914287-57-2
eBook ISBN   978-1-914287-58-9

A CIP catalogue record for this book is available from the British Library.

Editor: Tinashe Muchuri
Cover art: Trust Mutekwa
Cover layout: Rebeca Covers

Typeset by Carnelian Heart Publishing Ltd
Layout and formatting by DanTs Media

ZVIRIMUKATI

MUSUMO

Kuna baba vangu vekundibereka, Tadios Mutekwa. Vakatsigira zvipo zvangu zvose pasina kumbomira kana kukweva tsoka, kubva ndichiri mucheche. Ndivo vakandipomera kufarira kuverenga netsika yavo yekutenga mabhuku mazhinji nekunditaurira zvidzidzo zvenyaya dzavaiverenga. Vanoverenga nekupepeta zvinyorwa zvangu zvose zvichiri zvimbishi vachindikurudzira. Kana tichitaura panhare vanotanga nekundikwazisa nemazita evatambi vemunyaya dzangu tombotaura zvemumabhuku tisati tataura zvimwe.

CHITSAUKO 1

Maisva hakuchina. Nyangwe momutsvaga pasi pose zvapo haachawanikwi. Akatopfuudzwa ndokuenda kusina ati adzoka.

Kuona imbwa nyoro, ndiani wazoziva kuti inodya nematehwe? Aizofungirawo Dyiwa pakubata zvikukutu zvakadaro ndiani? Akabva aita kusarudza zvombo zvaimupa kukurumidza pabasa rake. Zuva richinoti kata, zvaiva zvozikanwa kuti VaMakaita vainge vatove shirikadzi pakati pedzimwe mumusha maSabhuku Masa.

Sabhuku Masa nevanhu vavo vaiva vasiti hurududu panotangira ziware rakadziva kuminda yaBadza. Nenji raiva mberi kwavo raipishanisa ndangariro. Madzimai aiva aneta nekuchema, zvino rangova bvikupfiku. Mai Shuvai ndivo vakazvipira kukatanura kwiriti yavo kuti mushakabvu afukidzirwe. Vainge vatambudzwa zvikuru naiwo mabasa aDyiwa akazosiya muvakidzani wavo yave shirikadzi.

VaMakaita vakaita kunge vasina mapfupa vaona murume wavo akazarurwa diti nechombo chisingazenguriri. Uno muromo wairatidza kunge wakadhadhurwa nebanga paye pakurwiswa. Mamwe madzimai ndiwo akazovatora onovadzikamisa necheseri kwemakwenzi aitevedza ziware, kure nemurume wavo.

Kana ari Dyiwa, aizopabuda mubudiroi? Kana kuri kupukunyuka, aizopaita mupukunyukiroi? Vaiti aiva azvigokera mwoto muziso. Nemhuri yake yaiva yatopinda panopisa. Kana ari mudzimai wake aiva oita sehuku yanaiwa. Vamwe vake vaiva voita kunge votomusema nekuda kwemabasa emurume wake. Akagara hake pakadaro asina waakagunzvana naye. Waiti ndouya ane gudza rechikukwa.

Zvaibuda zvichivataridza kuti Dyiwa aiva apondera munhu pasi pemukubvu waiva nemukoko wake. Paakapedza basa iri akati rutsoka nditakure osiya nyatera rainge rabva paya pamushando wake. Gwande reuchi raiva rakati nahwo tuku pasi pemuti wekare. Ropa raakazonosvika naro kumba pamudhebhe rakasiya vose voita sevachageza ukama naye.

Paziware remabasa, runyararo rwaiti rukauya rwombopumurwa netsamwa uye mashoko makunun'unu aibuda muchaunga. Vamwe ndivo vaiita Dyiwa wekuonera mundangariro vachibva varuma miromo neshungu dzekuda kumuita marengenya. Rumwe ndirwo rwaizhambatata zvarunoda ruchidzungudza musoro nehasha.

Miti mizhinji mujinga meziware yaidzungudza nematavi ayo aiva asati azuka mashizha.

Sabhuku Masa vakabva vamira vachisimudzira maoko kuvanhu vavo. Izvi vaida kuti vachitanga kutaura mubatiro wavaizoita nyaya yaiva mudariro. Meso avo aimhan'ara ukasha hwaivira mumusoro mavo. Kana twuri twumvi twavo twakaita setwawedzera kuchena imo mukasoro kavo kaiva kakaoma senhambadada yen'ono. Kana kuri kuvanhu vavo, kwakange kwatova nekuchemera mutongo usina chinono chemapurisa nematare.

Kudivi revarume mahon'era ainzwikwa kukwira nekudzika. Vamwe vaiva vachiti fuma yaDyiwa itorwe musha wake ugopiswa. Vamwevo vaiti aregerwe ngozi igomubvisa chokumeso. Vamwe vaitoti musoro waDyiwa uiswewo paduri. Kwakave nevashomanana vaingoti nechomumwoyo mutemo ndiwo waizoziva zvekuita naDyiwa.

Dzose dzaingova shungu nekutorana matama kwevanhu vemusha. Vaiva zvavo vasati vanzwa mifungo yehama dzaMaisva pamwe nasabhuku wavo VaMasa. Pakugumisira, ivo VaMasa vakachizobva vaisa ruoko rwavo pamuromo chiri chiratidzo chekuti munhu wese achiteramira kunzwa kwavari.

Varume vechiduku vaiva divi rakadziva kumadzimai ndivo vaiva vosvosva mudzimai wemhondi vachiteya kumubvutirana paya pakuti avadzivise. VaMasa vakasimudza ruoko voti, "Zvebongozozo chimbomirai! Kana ndorida ndichakuudzai. Iko zvino nhunzvatunzva yacho haipo pano. Nyadzi kuzenge dzinokunda rufu. Murume mukuru kuzvivharira mumba kuti isu tiuye kuzoona mabasa ake tiri toga pano.

"Ndinoda kumbonzwa mukadzi wacho achireva kuti vainge vagarwa nei kuti vabvumirane kupfuudza munhu." Vakakandira uya mudzimai ziso ndokuti, "Kwenyu kuzoti munhu bhogo sembudzi, kwake kuzipa here kupfuura uchi hwamunoburirana zuva rimwe nerimwe? Chii chakanga chakubatai kuti muzoita zvakadai muno muDzimidza? Utaure uchiti debu debu nokuti ukandizengairira unoitwa nyama yemagora ndisati ndafema ruviri. Ndapedza newe." VaMasa vakapedza kutaura ndokuramba vachiyengerera pamudzimai waDyiwa seriya gondo raona mbudzi ichangobereka. Vaitoita sevaishaya pekupinda napo kuti vanochachura mukadzi aibikira mhondi mumusha mavo.

Mai vaya vakati vasimuke kuti vataure nepavaiziva ndokusangana nazvo. Vasati vambosimudza musoro kana muromo, mudonzvo waiva wotoshungidzwa pavari sewaivavarira kuzomhara mumusoro.

Mudzimai waDyiwa akati gwadagwa seuya anoda kukuya mhunga ndokuchitanga kububudzira maoko iwo musoro uchidzungudzirwa nekure kure.

"Ndizvo zvaungadai watanga waita. Unoda kutaura umire, mwana wako ndiyani pano? Makaponda munhu asi woda kutodada senda iri mubaravara…"

Paiva pasina zvekuswerera. Mukadzi akakwevera dhuku yake mumeso ndokuti wedzerei kuombera kuti achitaura. "Ndine urombo nezvakaitwa nomumwe wangu pano. Kana rikanzi idaka rorwendo ruya rasvika pakadai, neniwo ndingashama. Kudumbirwa kwake kwese aindiudza, asi kana zviri zvokuchengeta daka iroro hameno kuti zvakandipotsa papi! Napamuromo pedu hazvina kumbogarapo kubva musi iwo uya watabva padare. Hatina kumbogara tazviti bufu zvekare pamukova pedu. Izvi zvazondigurawo kunorira vehama woye! Nyaya iyi ndinozviziva kuti inototi itongwe. Zvino ndinoti isu vanosara pamukova kana moita kutonga kwenyu murangarirewo kuti---"

"Ndibvire kumhepo mukadzi wechigeven'a! Hauna here kunzwa zvandati reva chakazonyanya kuti mutenderane nemurume kuti muzoita zvakadai? Zvegodo nemataka enyu tagara tichingozviziva."

"Ndingagozivei hangu? Handiti ndivo vakakwira bhazi vakanoswera vose nezuro? Kana pavakadzoka madeko waingova mufaro wega vachisvika nebhasikoro ravakanga vatengerwa nemwana. Isu tose tiri pano, kuswera kwatakaita pamutambo hatinawo zvimwe zvatinoziva. Kwavakaswera ikoko tingazivawo here kuti chii chakavapa kunyandurana nekuzotatsurana kwakadai?"

"Usataura zvekutatsurana iye murume wako avete zvake hope dzekuseredzera kumba uko! Ndikanatsotarira ruromo rwako rwakafenengara nekurodzwa sepenzura ndinoona kuti ndiwe waipesva kuti Dyiwa abate twakadai vanhu vavete."

"Ini hangu handichina remuromo! Sungano akaswera navo pamwe pane zvaakaona. Zvino atomuka achidzokera kuchikoro kwake. Angadai ariye azochirondedzera zvaakaona pakuswera kwavo nezuro. Pakuzobura uchi muno mudondo, vakazouya vave vega." Izvi, mudzimai akataura achitarisa pagwande riya reuchi. Achienderera mberi, akabva ati, "Pakudzoka kwavo ndipo patakaona kuti vakanga vasina kana chavakabata, rimwe nyatera vasisina, iwo mudhebhe rangove ropa. Ndiyani airota kuti kwaiparamurwa dzakadai kuno kudondo?

"Kuti ndivhunze chaive chatora nzvimbo hapana aigona kundipindura. Handina kuvata madeko achingova makarukaru andatozoonavo kuti aibva ipo pano. Kana iwo mangwanani ano hatina kutombotaudzana nokuti vanga vachiita kunge vakafumhwa nezvousiku. Kumuka chaiko vanga vasingagoni. Sungano haanavo kana kugona kutaura navo. Kana ihwo uchi hwaakanzi ndonokuburira angoinda asina kuziva kuti ndihwohwu huri pano... Chondokumbira pano ndirwo ruregerero vanhu vaShe. Ini pano ndiri kutochemawo pamwe nemi."

"Tibvirepo! Unochema pamwe nesu iwe uchitofarira kuti makapfuudza munhu aikukurirai kurima! Handiti kunzwa kwamakaita kuti mari yake yabuda ku*Pos-hofis* makabva matya kuzoshaya hope! Wachidii kufumira kwangu zvawaona kuti pakaparamurwa twakadai? Ndizvoka zvamaida kuti munhu akakashurwe nemapere kuti azongonongwa wave musoro kumakura!" Sabhuku Masa vakabva vatarisa mudenga semunhu atuma fungwa dzake kure kwazvo. Vakabva vati, "Ya-a! Mari yacho makaisa kupi?"

"Mari yei?"

"Kweteka! Makaziva kuti Maisva wandotora mari dzake dzakabuda mukati momubata achigere kusvika pamukova..."

"Handina kumboona mari yacho yamuri kutaura. Pamwe zvoda kuti muchinzwa kuna ivo baba Sungano kuti tione pavete musoro wenyoka. Pano mave kundiita sendakaruma nhindi yemunhu pamuromo ini ndichiti ndiri kutopawo zvangu nhoroondo yemufambiro wemurume wangu nezuro. Kana ane zvaachiri kuzivisisa ochirondedzeravoka ega! Ini ndati kumba vakasvika vasina kana chiro! Zvoga! Iro bhasikoro ravakatengerwa naSungano vanga vatopedza kuripemberera nariini kuzoti vaitire munhu shanje yomoreva?"

Vamwe vanhu vaiva vakaisa zviso pasi vakasimudza misoro kuti vatarise mai Sungano. Kana Sabhuku vakazviona kuti mudzimai uyu aiswedera mukudumbirwawo ndokukubva vambotanga nokunanzvira muromo. Kana usingavazivi waigona kufunga kuti vanyetera zvokupeta wavo muswe. Vakakotamira ndokudzisa inzwi ravo vachidedera nehasha. "Unotaura sei mukadzi wenyoka? Pano hapana kana mumwe asingazivi kuti Maisva aiva anotora mari yake kuMutora uko. Hakuna asingazivi kuti murume wako akanga achifudza Maisva muswere wose kusvika vachizodzoka vese." VaMasa yainge yave shumba. Kutarisa chiso chavo waingoti dai vakasakutarisawo. Zvaiita sekuti vangangoerekana vokuti ndiwe hama yaDyiwa. Waibva wafunga kuti uchanzi maizivana pakurangana zvekupfuudza Maisva.

"Ndiyani angazvinzwa nhasi kuti munhu anokwirira bhazi kuti ndonotengerwa bhasikoro kuMutora? Ishangu here inoidzwa saizi yekuti haingatengwi munhu asipo? Mwana mucheche waunobata kumeso pano ndiyani? Zvino hoyo ticha uya omuka achiti voto muchireva kumhanyira nguva dzenhema! Kana ini ndikafamba izvozvi ndinoswera ndave kuChikarimatsito kwamunoti munhu anofumobata jongwe muromo. Ndiko kutiza nyaya chaiko kuri pamhene. Ndakagara ndakaona kamambara kemurairidzi kachitiza kudzidzisa pachikoro changu pano! Zvino iwe worambavo uchidzokorora kuti murume wako akabva mudondo asina mari yemuridzi! Hauoni kuti wava kuda kutamba nemhomho yose iyi!"

Sabhuku vakazviramba zvekuti Dyiwa haana kana chaakasvika nacho kumba chinganzi mari yemushakabvu. Vaitoona muromo wamai vaya wakateya zvekare kudya mazakwatira emuridzi sechipfukuto chinokara mari zvekuboora nemasirivha ayo.

VaMasa vakatarisa kudivi revarume. Hameno kwazvakabva nako mufungwa mavo vachibva vangoita zvekudoma zita remunhu. "Jadhiya! Simuka! Simuka unovhenda homwe dzaMaisva tione kuti dzakasiyei nharadada idzi."

Jadhiya akapindwa nemwando. Varume vazhinji vakafarira kuziva kuti mazita avo aipesana nepaiti Jadhiya. Iye Jadhiya akati kutarisa maoko ake akagoti kutarisa paiva naMaisva. Akambopindwa nefungwa yekuvesera nemumakwenzi achitiza.

Rimwe ropa raiva raomera zvino mumashizha nemuvhu mujinga memuridzi waro. Netsoka waidziona dzisina kunatsofukidzirwa nekwiriti yamai Shuvai. Ropa raiva ragwambira kuzvitsitsinho richikwira kumutirauzi.

Nhunzi dzaifamba zvinyoronyoro muhutema hwadzo dzichipenya mapapiro nehufumi hwedondo. Kumwe kudzikamira kwadzo waigona kufunga kuti dzaityawo Sabhuku Masa. Apa dzaidzikama hadzo dzichiteya kuzokanda vana vadzo vekutakanyika vachitsvaga pakapfava. Pamuromo nepachifuva ndipo paiva panyatsovhundurwa. Acho ainge mazikono enhunzi ndiwo aiteya kuzofamba kwaani zvake achiswedera pamuzinda wawo mutsva.

Jadhiya haana zvaaigona kuita. VaMasa vaisadzokera shure pakutema kwavo chirevo. Rume rakasimuka ndokutanga kuita werwaivhi rakananga pasi pemukubvu. Vanhu vose vainge vasiti dii. Vakanga vachingomirira kuona Jadhiya achifudugura uya mutumbi wekuradzikwa muhubvu. Meso avo aiita kumuperekedza pasi pemuti vachionawo gwande riya raive rakati tundundu neuchi.

Akavuruvudza achitanyanga gwande riya pamwe nenyatera raDyiwa. Akabva atonona pedo nemanenji hana yake yave ngoma yeshangara. Mumwoyo make aitsvaka hushingi hwaigona kumudzikamisa kuti arege kubatwa negarukaru.

Kuti afunge zvekutanga homwe dzemudhebhe, Jadhiya akaita seaitya kungoerekana akandwa rutsoka. Kuti afunge zvekuvamba dzekumusoro, ainzwa kunge angaerekana afinyamirwa kana kusvinurirwa akazoshaya wekuzviudza.

Jadhiya akawaranyura kwiriti yamai Shuvai ndokubva nhunzi dzamunyunyutira dzichiita kumupopotera senyuchi. Idzo nyuchi dzacho dzainge dzisingatomboonekwi kubuda kana kudzokera mumukoko wadzo. Kana pane aicherekedza matavi aiva nechepamusoro pemukoko waDyiwa aigona kuona padzaiva dzaumba zisumbu dzochiita zvino sedzaVaZunga. Dzaiva dzakazvinyararira hadzo mukutsamwa kwadzo. Kana dzaigona kutaura dzaivhunza kuti VaDyiwa vakatifungireiwo rwendo runo kusiya mukoko wakashama? Zimai radzo rinenge raitoita fungiramumwoyo yekunotsvaka mhango pakati pesango reDzimidza paisazofa pakatsikwa naDyiwa.

Bhachi remushakabvu raiva rakarengenduka richitevedza nhivi dzemuviri wake. Hembe yake yaiva yakavhurika zvichitoita sekuti mamwe mabhatani aiva aita zvekukwachurwa. Muhomwe yemukati mebhachi pachipfuva ndiyo yaiva yakafuta. Wedu Jadhiya akavhovhonyora gwama rawo matsomondo ndokumbboramba achitarisisa zivanga raiva rasiirwa munhu pachifuva. Akazobva ati kwanyanu onanga VaMasa vaiva vamutuma. Pane minwe yake yakagunzvana nazvo ikasara yatsvuka seyomukwasha avhiyiswa nhunzvi.

Achisvika paiva naVaMasa, Jadhiya akabva anongedzerwa Masamba kuti azarure gwama nekuverenga. Akabva anopukuta maoko ake mumakwenzi chinyararire.

Mumaoko aMasamba, gwama raiti kutadza kufema roti kushongedzwa nepaya paiva panzvenzverwa neminwe yaJadhiya. Masamba akabva angorikwatsura ndokuita unyanzvi hwekunyurura dzamatsama remari dzaiva nezviso zvevarume vakashaya nguva yekusekerera pakutorwa mifananidzo. Chitupa netumwe tupepa akazviona akasambova nehanya nazvo. Akange zvino otanga kupishinura mari yevaridzi.

Ruzhinji haruna kumbogara rwafungira kuti Maisva angabata mari yakawanda kudaro pakumuziva kwavo achifamba mumusha. Vamwe ndivo vakabatsira Masamba kuhutirira miromo zvekuti kamwe karume kakaonekwa koruma muromo kachizodzamba pasi nemaoko ese kuti kadzikame.

Masamba akasimudza musoro ndokubva ati, "Ndinoona sekuti kana *faifi thauzen* inosvika!" Vaya vakangonzwa kwonzi *thauzen* ndivo vakatanga kubongomora. Kana ari mamwe madzimai akaita zvekukambaira nekutsvaira pasi nemaoko varume vachingopfeza sezvipembere.

"Chinyararai vana vangu. Handisati ndamboona zvakadai muno mumusha mangu. Ndanga ndisati ndambotonga munhu nemutongo mukuru makore ose aya, asi nhasi uno zvazosvika. Inga tigere nenyoka zvayo inoruma chaisingadyi!

"Kana nhunzvatunzva iyi ndikasaiona iri pamuromo peshumba, kana ini ndingapfuura zvangu. Kana bhachi ndingabisa ndikasiya ndapa imwe nhowetowe masimba itonge zvayo. Ndakaona zvakawanda ini! Chokwadi kana mazoonazve chigeven'a ichi chichiti tocha tocha muno mumusha mangu mundibate. Hutsinye ndinohuziva mhani! Izvi zvapfuura mwero." VaMasa vachinyarara, vanhu vakabva varusimudzira rwekuungudza.

Zuva raiva rotovavarira kugara nhova. Mombe dzaiva dzotofararira mumakura. Hapana shiri yainzwikwa kutsvitsviridza. Kwakabva kwarairwa kuti shoko rerufu rwaMaisva riparadzirwe mumisha yaiva yakapoteredza. Kwakanziwo shoko rifambiswe

nekukasira   kumagariro   matsva   ekwaMushaviri
nekuChikarimatsito kwaiva nedzinde remhuri yekwaMaisva.

CHITSAUKO 2

Magariro matsva erutivi rweGandahari aiva aunganidza mapoka evanhu vaibva kumatunhu akatsaukana enyika. Vamwe ndevakanga vabuda mabasa vachida ugaro hutsva imomu maisimbova mupurazi remombe mumasango eseri kweNhamande.

Nzvimbo iyi yaiva kure kwazvo nedzimwe dzaiva neruzhinji rwevanhu. Paiva pakati pechakasara zvekuti kana zviri zvikoro nezvitoro vakasvika vozvitangira vega.

Mugwagwa wezimota raisiuya kuzosimha mombe panguva yepurazi ndiwo wakazotevedzwa pakuvamba magariro matsva. Waiva mugwagwa pakati pematondo. Mimwe miti yaitoita zvekusanganisa misoro kubva mhiri nemhiri kwemugwagwa ichitsvodana zvayo.

Makore ekutanga, mugwagwa waingoshanda nengoro dzaiperekedza vanhu nemitundu yavo. Kwaiita mazuva mazhinji kusingaonekwi mota nemabhazi. Mugwagwa wainyanya zvemota ndeuya waipfuura nekuNhamande kwaitangira misha yeruzhinji. Kana riri bhazi, raingova rimwe roga raiperera ikoko kumaruwa eNhamande.

Kwedu kumagariro matsva, basa raiva rekurizha miti nekusanhira masango tisinei nenzendo dzemota kana mabhazi. Huni ndidzo dzavaingorwa kuunganidza kuita mapakwa aikaropfuura zviruvi zvedzimba.

Mota dzakatozotanga kupinda mumagariro matsva ndedzaiuya kuzotenga huni kubva kumitunhu yekure kwazvo. Kwainzi huni idzodzo dzainotengeserwa kumadhorobha kwaiva kuchinzi magetsi aigara achitiza.

Munguva yekuturuka kwemvura, kumadhorobha kwaisvitswa shoko remadora aitibuka mekare mumasango emagariro matsva. Dzimwe mota dzaiuya kuzokuva nekuvivitira masaga nemasaga anenge akafanounganidzwa. Pamadora ipapo ndipo paibva zita rekuti Gandahari.

Kugara nekugara, kwakazoita mota dzevaiuya kuzoongorora magariro evanhu. Kwakauyawo mota dzemisangano, dzekuverengwa kwevanhu nedzeutano. Kwakazoitawo vedzidzo vakazouya pashure pekukohwa zvemwaka wekutanga.

Kupinda kwakaita vanhu mupurazi reGandahari, dzimba dzaingovamo ndidzo dzaisiva dzasapurazi. Paivawo nedzevashandi vake vashoma vaizotasva mabhiza vachitsvaga mombe, kunogweja zvibhorani kana kunopfura shato dzaimonera mombe, nembada dzaikwenya mhuru pakati pesango. Basa remumagariro matsva rakazova rekugovana masango nekuvandudza gadziriro dzekurima.

Mhuka zhinji dzaisifura pamwe nemombe dzasapurazi dzakarodzerwa mapfumo, imbwa dzichirerwa. Mbada dziya dzakatsvagwa nemumatenhere, vakuru vakamutsiridza ukomba hwekuchengeta matehwe, mazino nenzwara dzezvikara. Vamwe ndivo vakazonenerwa kuzora mafuta ezvimwe zvikara nekuchengeta makodo edzimwe mhuka dzinotyisa.

Dzimba dzaiva dzasapurazi dzaidikanwa nevazhinji. Vaya vaiva vachiratidza masimba ekutungamirira kuwanikwa kwemagariro matsva ndivo vairatidza kudzihutirira kwazvo. Idzi dzimba dzaiva dzakasiyana chose nedzaivakwa neruzhinji mumazuva iwayo ekutanga. Dzaiva dzakanaka zvemhando yairatidza ukomba pakati pechakasara.

Paitova neruwaya rwenhare rwaisvika padzimba dzekunaka ruchibatanidza mapurazi nenzvimbo dzekure. Urwu ndirwo rwakamhanyirirwa rukabvutiranwa pachidikanwa kugadzira misungo yekubata mhuka dziya dzekufararira nesango.

Vaya vakanga vasvika nezvinhare zvekufamba nazvo vakazoita makore nemakore nazvo zvakavharirwa mugwenga remasaisai. Zvaizonzi mumwe musi ukaita mhanza yako pamusoro pechikomo woona kadonhwe kefungidziro yekutaura nevekure.

Mukukakatirana masimba epamuzinda wasapurazi, pakazobvumiranwa kuti dzimba dzaivapo dziitwe chikoro, mumwe nemumwe agozvivakira musha wake. Varairidzi vatatu vaiva vatumirwa kuzovamba chikoro cheGandahari ndivo vakapinda mune dzimwe dzimba dzaiva pachikoro.

Mumwe wevarairidzi aiva nevabereki vake vaiva vauya kumagariro matsva. Uyu ndiye akabva apiwa masimba ekutungamira chikoro cheGandahari. Ndiye aizogadzirirawo kufambiswa kwemabasa edzidzo yevana vemunharaunda yavo nedzevamwe vaiva vakapoteredza.

Pazororo rekutanga, mumwe musi zvawo, murairidzi mukuru akamuka akawana dzimba dzaidzidzirwa dzisisina makonhi. Kana chiri chibhorani chaiva pakati pemusha chakanga chagujunurwa. Waizvireva kuna ani naiwo mutunhu waivapo kuenda kumapurisa? Varairidzi vaaishanda navo pavakadzoka kuzororo vakasvikoti ivo pakati penhumbi dzavo pakange pave nedzimwe dzakanga dzisiri dzavo. Vakabva vangosunga twavo ndokunanga nzira. Vana vechikoro vakabva vambomira kuuya. Murairidzi wedu uya akadzokera kuvakuru vake achinokumbira kutumirwa kune chimwe chikoro.

Nerimwe zuva, musha wevamwe vakuru vainzi VaMasa wakangomuka wakatsva. Nguva imweyo, vakabva vazviwanira ugaro paya pakanga pabviwa nevarairidzi. Dzimba dziya dzekushaya makonhi dzakazongoonekwa dzave nawo. Nechiya chibhorani chakazoerekana chave nemitezo yakakwana. Pakazoshanya vakuru vezvedzidzo, vakabva varatidzwa rumwe rutivi rwesango rwaiva nenzvimbo yakazonzi ndiyo yechikoro zvisina makakava.

VaMasa ndivo vakazova nhungamiri yaiturirwa zvebasa rekuvakwa kwezvidhuri zvekuti vana vadzidzire. Varairidzi vaviri vekutanga pachikoro chitsva vakawanirwa ugaro pamusha paVaMasa. VaMasa vakabva vatsvaga uya murairidzi aisibva mumusha mekare ndokuwana zvonzi akatodzika midzi pachikoro cheminda mitsva yeChikarimatsito.

Mugore rechina, pakazowana vaipa rutsigiro rwekuvaka zvikoro zvakanaka nekuchera zvibhorani mumagariro matsva. Chikoro chakabva chanzi Masa Primary School kuchibviswa riya zita rekuti Gandahari. Chikoro ichi chakange zvino chavakwa nechimiro chaipfuura zvikoro zvizhinji zvaiwanikwa mumaruwa. Dzimba dzose dzekudzidzira nedzevadzidzisi dzakavakwa negadziriro yekuzoshandiswa zvinofambirana nekuwanikwa kwemagetsi pamwe nemvura yemupombi.

Pachikoro pakazova nevarairidzi vakaringana vaiva vakadzidzira basa ravo. Kwakazovawo nebhazi rimwe raipota richitanyangira mugwagwa wemagariro matsva pakupera kwesvondo. Makomba ekumisa matanda emagetsi akacherwa ndokumbosara zvawo akadaro. Pakazova nevimbiso zhinji dzebudiriro kubva pamisangano yaipota ichiitwa munharaunda.

Zvitoro zvakamisikidzwa kwaitangira misha divi rakadziva Nhamande. Mumwe murume ainzi Magocha ndiye akasvika achivaka chitoro chekutanga paiva pamunda pake imomo mukati mesango reGandahari. Mugwagwa webhazi wakatozogadzirwa uchinzi usvike nepachitoro chake uchipfuurira kune mamwe matunhu aibatanidza nyika. Vamwe vakazotevera kumisa zvitoro zvavo vakatozouyawo vovaka mujinga mechaMagocha vachiverengerwa nhanho nenhume dzaMudzviti. Zita repazvitoro rakapfumba rikanyoreswa richinzi Magocha Business Centre. Hazvina hazvo kunetsa, asi Sabhuku Masa vaida kuti zvose zvive muzita ravo.

Zvitoro zvina zvaiva mumusha maMasa zvakazosimudzwa nezvidhina zvakapiswa. Makore ekutanga, zvaingova zvidziro zvekuumbidzira nemavhu nematanda kana nezvidhina zvisina kutsva. Ipapo vanhu vaitenga vari panze pechitoro vachiita kudaidzira nekunongedzera zvavanoda nepakaburi kanenge kedura.

Zvaishungurudza kuti munhu anatsomira kana kugara zvakanaka muchitoro make. Izvi zvaikonzerwa nemweya wematemba kana wesipo nezvimwe zvaitengeswamo. Mamwewo mazuva akaita seChipiri, mutengesi aitoita kutiza muchitoro achitya kukundwa nemuyedzo waiuya nemweya wemabhanzi, zvipondamwoyo nezvingwa zvaisiiwa nezimota raitinhira sebhazi.

Kana mutengesi ari musikana, aizvivaraidza nekuona mifananidzo pamapepanhau agochanhembe ekuzoputiridza zvaaitengesa. Kana ari mutengesi wechikomana waimuona obuda kutsvaga wokutamba naye tsoro kana kuvarairwa neanenge azvitengera ngoto yake.

Pamazuva ekutanga, vanhu vemagariro matsva vaidaidzana zvikuru nemitupo, mabasa kana nyembe dzekwavakanga vakabva nako. Vazhinji vakanga vachirwaririra tsika dzekwavakanga vabva dzakaita sekuungana vachiita mishandirapamwe, humwe, mikwerera kana mapira. Vezvitendero zvemakereke vakanga vachimirawo nekwavo pakufambidzana nekuungana mumazuva avaicherekedza pazvinamato zvavo.

Kana riri segore rino, muya maMasa makanga mabvumiranwa kuitwa mutambo wemunhu wese zvake nekuda kwegoho guru raiva rabva kuwanikwa. Masango aye akange avapa zvaipfachukira mumatura. Izvi zvakanga zvisati zvamboonekwa mumakore avo mashanu mumagariro matsva.

Mugovera wekutanga pakuvhurwa kwezvikoro muchando ndiwo wakabva wasendekedzwa parutivi kuti vemusha waMasa vaite mutambo wekumwa, kudya nekufara pamusha pasabhuku. Hapana aitarisirwa kushaikwa pazuva remhemberero dzakadaro.

Masamba akawanikwawo achinatsurudza mugoti wake achibva pamusha nezuva remutambo. Aiva akananga kumavirira kwaiva nemusha waSabhuku Masa.

Masamba aifamba achinanaira zvake sekamba achiitira mugoti wainanzvwa nebanga rake. Rume rakatombomira kufamba pamwe nokutsvetura mugoti waro kuti rimbouyeva. Mugoti waiva wosvika pekunaka zvekuti waikaroti haungabiki sadza mbodza.

Paye pakurusimudzira, Masamba akaringa kurudyi kwake kwaakaona mombe dzaiva dzichifararira muminda yakaroveswa kare. Akaramba akatarisa rutivi irworwo achiita seaiyevedzwa nemusha waDyiwa waiva wakapfekerwa muchitondo chaiva chopupuruka makwenzi nechando. Paakazoringa kuruboshwe, Masamba akabva amira achiita sekunge apindwa nemwoyo wekutsaukira kuzvitoro.

Pazvitoro paiva pakamiswa zimota raiva nemusoro wakaita seweriya rekusiya chingwa nemabhanzi. Kuzvingoro zvezimota iroro kwaiva neungwandangwanda hwakada kufanana nehwevanhu vekuuya kuzochera zvibhorani.

Masamba akaradzika meso ake mumugwagwa waibva pazvitoro wakananga kumavirira. Akaurega wopota neseri kweziware uchinonyura mudondo reDzimidza. Akabva ayeva riya ziware rekuviga mugwagwa. Pamusoro paro paiva nemiti isina kunyanya kuwanda. Paivawo nemafuri nematombo machena nematsvuku ekuti kana uri chinhambwe, zvairatidzika semakwai akazorora zvawo nembudzi. Muzasi meziware maiva makapenderwa nemakwenzi nemiti zvaitaridza kuti zvaiguta mvura yekuteukira pakunaya.

Hoyo Masamba atarisa mberi kwaanoenda. Musha waVaMasa ari kuuona ikoko mberimberi kwakadziva kusango reDzimidza. Vanhu anovaona richingova besanwa pamusha mukuru. Anobva ananzvira miromo ipapo ndokumedza mate… Zvaiva zvotoita seaiva asvika pane zviya zvaiva zvagadzirirwa zuva guru.

Masamba akaita dzimwe nhanho shoma ndokumbomira zvekare achiteerera mushana seshato pakati pegura. Chaingofamba ndiwo meso aiva zvino adzoswa kusvika ave padundundu pake. Marara emugoti waaiveza akanga asiti nyirinyiti kubva padundundu achidzika nedumbu. Akaumba pfuko nematama ndokubva avhutira Nyamavhuvhu. Marara akabva ati dzvamu!

Masamba aiva mutsindaparikwi werume. Remadunhurirwa raakanga anaro vasati vauya kumagariro matsva raiva Sambani - kuchitoredzerwa mhuka inochera zvuru kuti idye majuru. Vepedyo vaizoti kana vofara naye voti *Sambani, Simbi Yebasa!*

Chokwadiwo, hapana aimirisana naMasamba pakutimba zvuru. Kana musha usina kuchererwa chimbuzi naye muGandahari wakanga usati zvawo watova nacho. Kana zvimbuzi zvese zvakatanga pachikoro cheMasa zvakanga zvachererwa makomba naMasamba ari ega.

Akatarisa ruoko rwake rwaiva nebanga sokunge rwaiva nechiringazuva. Paifanira kuva newachi ndipo paitangira muvare waiva wasiiwa nenyanga yemombe yaaidzidzisa kurima gore richivamba.

Munharaunda yose zvayo yemagariro matsva, mabasa mazhinji aida simba rakawanda aidaidzirwa Masamba. Kana pari pamatsime, Masamba akatonunurwa nevaya vekuzochera zvibhorani nemishini yemazimota avo. Paya paakatarisa kuzvitoro kwaiva nezimota, kwaiva kutotsvaga kuti zvii zvingada kuzotutunurwa awaniswewo basa.

Mukushanda kwaMasamba, pamwe aibva afondoswa senyurusi. Kazhinji kacho mubairo wake wainonoka kuuya. Pamwe pacho aizongopiwa zvangova zvidimbu zvisina chimuko.

Mamwe mazuva, Masamba aitaurira mudzimai wake mai Shuvai kuti aishuvira kuita mhanza yekubairwa chitupa achitoshandawo mabasa ekukwirira bhazi kuenda kure achizodzoka nemari yakawanda. Mai Shuvai vaibva vambotarisa mudenga vachifunga murume wavo achiita basa ramazuva asipo. Ipapo vaibva vazviona vachiudza mamwe madzimai kuti mazuvano havapo, vari kubasa. Mundangariro dzavo vaitozviona nerimwe zuva vachinzwa bhazi kutinhira vachinzunzutira kunosangana nemurume wavo pamusi wekudzoka.

Pamwe pacho, mai Shuvai vaitoita kakusekerera vachifunga murume wavo akagerwa zvakanaka semunhu abvawo kubasa nebhazi achinhuhwirira, zvese nemumukanwa. Vaibva vatoona murume wavo Masamba mutsva achitoitawo fungwa yekuvakisa dzimba nemabhiridha emandiriri akaita sevaya vakavaka chikoro kana vaya vakazovaka zvitoro paMagocha.

Pamwe murume wavo aibva azoregawo zvemigoti yaiti vamwe vatengi vaizomuripa nemikombe yedoro. Somusi uno, mugoti waiva uchinanzvwa nebanga waiva wavimbiswa imwe mai tsvuku yaifarira kushandirwa misi yose zvichizongoperera pakusekerera zvisina kobiri kana mukombe zvawo wedoro.

Masamba akafenengedza mhino achiona unyanzvi hwake pakubata banga achiuchecheudza mugoti. Achiona kunaka kwemugoti, akafunga kupeta banga rake kuti agoupakaidza muhapwa. Ipapo akabva anzwa kakukosora kemunhu aizvisuma kachibva nechokumusana kwake. Asati acheuka ainge atoziva hake kuti ndiani.

Uyu wekukosorera aiva Magocha. Aiva zvino akotamira kupumura huruva pashangu dzake. Mukuona kwake Masamba, Magocha aibva abuda dikita muhapwa nepamhino.

Masamba akabva amirira Magocha kuti vagofambidzana.

"Kwakadii kwabviwa hama yangu Masamba? Ndimizve mave kunochapfura machikichori!"

"Monotibatsira kuchapfura machikichori isu huru dzacho hurudza. Handiti takakupai minda mukairadza!" Masamba akapedzisa kutaura opakatira mugoti wake muhapwa zvakanaka.

"Ibvai vana Masamba! Mairidya nepi sadza renyuro kana tisiri isu vana Magocha takazokuvhurirai zvitoro nemabhucha? Munyu wamakabva nawo makaisa muhari mungadai muchinawo here kubva paya pamakasvika? Tisuka tave kutokutengeserai zvose nemunyu iwoyo!"

Masamba akasekerera zvake ndokuti, "Henaro-o! Ndimi vanhu vaidongorera mitundu yedu muchihutira kupera kwemunyu nezvedu zvomudzimba! Vanhu vanoteya mari dzevamwe vose vanongova nezita rimwe ratisingachadi zvedu kutaura. Zvino iko zvino mave kudhura muchingotikuzhumura henyu pamadiro."

Masamba aiva ataura mashoko emusha wose ekuti Magocha aizuza homwe dzevanhu semishuku yakasara padunhu. Magocha akatoita seopererwa ndokuzoti, "Vana Masamba, kuzoverengera kumhanya nemabasa evamwe ndiko kwamunozokanya kani! Honai vana *Tibukai* vakazouya nezuro vave kutipindira vachitisiya setakamira. Inga huruva iya yotiburirwesu! Ndovhara bhizinesi uripo here Masamba uchiverengera nenyaya yangu?"

Magocha aiva abata kwazvo kuti pakushanda naMasamba pakanga pasingadi chinono chengwe. Masamba akangotarisa Magocha ndokudzungudza musoro.

"Ndinokubata zvakanaka asi iwe hauzvioni. Yako yemusana ndakasungirira zvaunoziva wani Masamba! Chiona gore rotopfuura uchingoita mashunge erwaivhi."

Nyaya dzaMagocha misi yose dzaiva dzongoguma nekuwanda. Masamba aitya zvake kusara ayanikwa pamhene kana kuturikwa pamusungo.

"Nyaya yangu ndakataurawo kare wani Magocha!"

"Uchagorevei? Inga ndini ndinomira newe pose panotsvagwa kuti hupenyu husimukire? Handichadi zvangu kuti tiyeudzirane mauyiro edu kuno kumagariro matsva. Iko zvino ukatarisa pa*township* apo unoona zimota rakamirapo. Ibasa rauya iro. Basa rako! Kana uri mumwe waichindibereka kumusana uchipemberera. Izvi zvinoreva kuti unenge wotoinda kubasa rekubairwa chitupa rawairwarira. Ipapo unenge wotoinda hako kubasa uchindisiya ndisina pekutangira."

"Uri kurevei Magocha?"

"Ndiri kurevei?" Magocha akasvika mujinga ndokubata ruoko rwaMasamba achitaura nenzwi rakaderera, "Ndakutsvagira basa hama yangu. Wave kuchizonobairwa chitupa. Inga ndizvo chaizvo zvawairwarira! Kutanga Muvhuro unenge watopfekawo dzebasa nevamwe."

"Ndakadzipfeka kanopera here dzebasa? Zvakauyisa shanduko ipi pamukova pangu?"

"Aiwaka Masamba! Tave kuzokuti Baba Shanduko. Uchagonzi baba Shuvai papi? Shuviro dzako dzose dzazopera! Ndiroka rekubairwa raunogarondiudza!"

Masamba akanatsotarisa Magocha ndokumirira tsananguro yehubaba Shanduko hwake.

"Zvandatoreva ndizvozvo! Kutanga neMuvhuro, Masamba ndiwe wandapira kuvakuru vebasa rauya muno mumusha. Kwese kwavanoenda vachaenda newe kana kuti ndiwe uchaenda navo. Ndiri kuti, zvatova zvebasa chairo rawairwarira. Uchaona kuti uchashanda zvisina mugwazo, pabasa rakachena risina kuminama nekufondoka zvekusara wave nemabayo."

"Zvinofadza ndinozvida, Magocha. Ndongokumbirawo kuti urege kundikwidza ndege yemashanga. Ndochiziva sei kuti zvaunoreva ndizvo ini pasina wandamboonanawo naye tikatsanangurirana? Chitupa changu zvandinacho, unoreva here kuti kana muridzi webasa racho anga ari pano aitondinyora zita?"

"Zvoga izvozvo here hama yangu? Kana ndichiti basa wapinda chinzwa ini hama yako. Ndakambokutaurira neparutivi gore ripi zvandiri pano? Pamwe ndizvo *futi* zvinokupa kunonokera basa rangu ndichitsva zvangu nezuva pa*business*. Zvino totamba tose seiko akomana? Infrastructure Company yatouya zvachose muno mumagariro matsva kuzoisa ma*tower* emasaisai e*phone*, *TV* zvese ne*radio* dzamakavharira mumabhokisi."

"Iwe unoziva wani mashuviro andinoita kuti ndiwanewo basa!"

"Chavangomirira ndiwe nemuromo wako uchireva saizi ye*worksuit*. Parinonyura vanenge vatopedza kumisa tende dzavo pa*township*. Vachagara muno kusvika vapedza zvavafambira-motozoenda mose iwe wave pabasa *pemnent*. Pamwe ndipo pauchazondibatawo ruoko waona pandasvika newe rwendo runo." Magocha akakwenya musoro seaivaviwa ndokuti, "Ndodiiko ini? Dai tanga tisina kunonoka kusvika pamutambo ndatoti hande iko zvino. Zvakadaro hazvo, hapana chekumhanyira."

"Chokwadi chaicho ndechekuti tanonoka pamutambo. Kana tiri vamwe taichizoona zvaunoreva pave paya."

"Tinoenda hedu hama yangu, asi mwoyo wangu wabaikana pawapinda basa. Zvangondiudza kuti wave kutozoenda hako uchisiya chiga changu chisina kupfuudzwa."

Varume vaiva vochifanira zvino kuti vapinde mumusha masabhuku wavo nekukasira. Vaifanira kunobatirana nevamwe paurongwa hwemutambo.

Akange atova mazuva erumhepo runocheka tichibva munguva iya yekukohwa. Minda yose yakanga yashama. Vazhinji vakanga vatocheka uswa mumigero yeminda yavo. Mitanhu yeuswa nemajanga vakanga vatoitundumadza seri kwematanga.

Nembeva dzakanga dzomisawo yadzo misha inogutwa dzichinongeredza zvakasaririra muminda. Kana vari vaya vekuteya mariva vaiva voita kusutswa nekumisa anobata gadzi negono. Mbiya dzaiva dzodzima mwoto kudzimba pachidaidzwa banya, dapi nenhinga.

Kana zuva rechando rokwira rinoita kunyenyeredza nhova kuti rigozochimbidzika kupinda muna mai varo. Apa rinenge richirega vanhu vachipindwa nemwando unobva watuma vazhinji kutsvaga mushana. Pakupota richivanda seri kwemakore, vamwe vanenge voswera vakakomba zvoto. Kana dziri mbare pamipimbira, vamwe dzinenge dzatova mbada. Pano nepano, tsvimborume dzinenge dzonzwikwa kutemana kwemeno paya pakufuva kwembaura. Dzimwe tsvimborume waisabvisa pamikombe dzichitsvaga chiveve chinosvika mambakwedza.

Masamba ndiye akatosvika otumwa kutsvaga tsvimborume dzekumubatsira kusimudzira vanhu hari dzemutambo. Kana vari Sabhuku Masa vaimufarira. Vaigara vakamuita jinda, nhume kana mupurisa wavo. Paya pakuona hari dzichibuda, mipururu nemheterwa zvakatsva. Nguva yaiva yareba vakangomirira. Nekumwewo, zvaiti hapana aigona kuswedera pedo naVaMasa kuti avayeudzire kufambisa zvirongwa zvavairwarira.

Kazhinji, paisimuka VaMasa pamakungano emusha, vamwe vaibva vaita kunge hukwana dzaona gondo. Madzimai aibva afunya zvisero. Ipapo kuvarume ngowani dzinenge dzakwatidzirwa muhasvati.

Zvaikanga mate kunzwa dzimwe hofori dzevarume dzichipota dzichiti VaMasa vairema. Zvaibva zvaita sekunge vaimbopota vachiedza kuvatakura pafudzi. Vamwe ndivo vaiti sabhuku wavo haazori mafuta ekuchitoro. Mamwe madzimai ndiwo aiti ukakwazisa VaMasa nechanza unofuma uchiona tsoka dzavo pamukova. Vana vadiki vaiti michero yepamba paVaMasa nezvokumunda kwavo hazvibatwi. Vamwevo ndivo vaiti kuona VaMasa vachipfuura nemumunda mako, chero nguva yechirimo, mufaro unoita seuchafuva. Kwainzi kubatirwa zvemumunda mako nemunhu akadaro unobva waita sewakarimira shiri. Zvisinei, gore rino zvairatidza kuti ani nani akanga awana chekubata mumunda zvekushaya chekuchemera.

VaMasa vakasimuka vachiita sekunge vanoverenga vanhu vavo. Meso avo aiva ave kure kwaazvo- mumakomba. Vhudzi rainge richirimo mumusoro wose zvawo asi roita kunge rakatakudzwa saga reupfu rikasazogezwa. Nhetemwa, waiti kuvaona uri kwakadaro woti zvimwe vari kukochomora hosho dzagwenyambira. Inzwi ravo ndiro raikatyamadza kukora ipo pamunhu aitoita seachatorwa nemhepo. Rurimi ndirwo rwavaipepeta kazhinji ruchibudisa mavhu anotosvora. Mumukanwa mavo mainge makafira datya mukaumburukwa nechidembo. Kwaiti atukwa navo ainokaroramwa sadza kumba kwake. Kana kuri kudada waiti zvekare vakaroyiwa nowakafa. Murume mukuru chaiye aigona kutumwa kunonga tsvimbo yavo yavanenge vadonhesa maune. Vamwe vaibva vati ndidzo dzaiva mhindu dzamambo dzekupima masimba avo kugara nekugara.

Pakumira mberi kwevanhu, VaMasa vaigona kupedza chinguva vasina kana chavataura. Pamwe pacho vanenge vachitarisa mumwe nemumwe pachiso. Ipapo vanenge vachitsvaga kuona anoramba akavatarisawo. Pavaipedza kunan'anidza vanhu vavo, ndipo pavaizobva vakosora nhema. Pamusi uno vakabva vapakata mudonzvo nengowani muhapwa ndokuuchira vachiita zvokuzvirova padundundu. Mipururu yakabvurwa, asi hapana mheterwa kana kurova manja kwakanzwikwa. Vakabva vauchira vachiita zvokutinhidza chifuva chavo vakatarisa kuvarume. Hapana chakashanduka. Vakabva vawana Jadhiya akatarisa kwavari. Vakaramba vakamudzvokora iye ndokubva atsikitsira.

"Jadhiya! Kana woda kuita musha uno wako, bva ini chingondiisa hakozve sanhu zvipere." VaMasa vakataura kudai meso akangonamirwa pana Jadhiya. Voruzhinji havana kukurumidza kuziva mhosva yake. Iye ainge aiziva zvake, asi osvoda pamwe nekutya. Ingowani yake yaiva zvayo yakatoti kwede mumusoro ichinokwidibira maziso. Aitoita zvekutarisa VaMasa akavanongedzera chirebvu iyo mhino iri mudenga.

"Kana zvadaro ini ndombopinda hangu mumba umo, mosara muchitungamirirwa nasabhuku wenyu mutsva Jadhiya uyu. Ini ndabvisa ngowani yangu ndichisiya musoro wakachena kudai pamhene ndiri duvutuvu nhai!"

"Ndine urombo baba! Ndapota hangu mundiregererevo henyu. Handina kunge ndazviyeuka. Handichazvipamhizve Shoko! Ndapfidza hangu Gudo! Ngaisiye matambo Vhudzijena." Jadhiya ainge ongongwenda. Ngowani iya aiva atoikuduburira kwakadaro kunge isiri yake. Aiziva kuti kana aisaudzwa makobvu aitowana chete paaizobatirwa.

Sabhuku vakabva vambosiyana naJadhiya kuti vachiparura yainge yakaunganirwa. "Sunungukai mauya pamusha wenyu. Ndinokutendai nokubatana kwamakaita kuti mupeta uno ukurungwe. Ndichinyanyavo kutenda madzimbuya enyu andigere nawo pano akakunyikirai mumera nekuzobika mipeta yenyu. E-e, Magocha wenyu ndiye akazokukuyirai upfu hwese kuchigayo kwake sekuvimbisa kwaakaita rwendo rwuya rwatatanga kuungana. Usavi takanga tabvumiranaka zviya kuti, e-e, panhongo mbiri dzekuberekwa neiya yekuripwa pano padare tibate imwe yacho. Vakomana vatomuka vachivhiya ine dehwe ramaona pamusoro pechirugu apo.

"Ndinoona hangu zviso zvevamwe zvisipo pano. Ee, ndingati hurudza dzacho, Dyiwa naMaisva. Muri kuzviona kuti pano havapo. Ndanzwa shoko rekuti vaonekwa vari vose mangwanani ano pamugwagwa vachikwira bhazi. Kwanzi vanga vachiinda kuPos-hofis kunoratidzana zvemwaka wapera zvinonzi zvakabuda. Pamwe nezvemwaka uno zvakabuda, hameno, vachidadirana ikoko! Zvino ndinenge ndisingadi kuti ivo vakanyanya kukohwa vacho vabve vasiya isu tichivapemberera. Zvoita kunge kudada, kunge kutisvoveredza."

Sabhuku vakambotarisa kwaiva kwabikirwa chikafu ndokunanzvira miromo voti, "Zvisinei, ndinoti tingachipinda hedu mukudya nekumwa. Kana muchinge mazokorwa nenjera, handidi kunyangadzwa nehohoho isina musoro pano. Marambadoro munonoitira kumatendere nemadzimai enyu. Masamba unouya mumba mandinenge ndichimwira umo ndokupa makashu wosunga vanenge vaita dzivo. Tinongovasungirira pamiti vovata pachando tozovasunungura kwachena. Chimwai henyu. Handifungi kuti pane chandingada kuwedzera."

Sabhuku vakazopedza kutaura vanhu vatogadzirira kutanga nendiro dzesadza. Vazhinji vainge vakateya kwazvo kuzochimbidzikira kusangana pamikombe. Zvaizoti vemahobhiya nehari dzavo, zvichiti vedoro nedzavowo. Mahewu aivapowo zvekare. Kana dziri ngoma dzaiva dzatosasikwa pamushana kwakadziva kuchoto chekubikirwa zvemutambo.

Masamba akanga asisina mwoyo nezvemutambo. Airwaririra kuti rizopinda muna mai varo asimbiswa nezvekuwanirwa kwake basa naMagocha. Kana kuri kumwa akangoita mukombe wekufembedza. Akazodzembereka achiteya kuraura Magocha paruzhinji. Pavakawana kamukana, vakambon'un'uzhirana tumashoko nechekuzvimbuzi.

Kunze kwaiva kuchiedza chose kudzikama, asi zvichiramba. Riya rechando rakanga richangopinda muna mai varo. Mazizi aiva otorira achidaidzana kuhumwe. Zviremwaremwa zvaiva zvichinyangirana pakubuda mumhango nemumapako azvo. Kana ari mapere aiva achihon'erana achibva mumakoronga nemumakomo eGandahari. Matendera aiva ati risva-risva mumiti, makudo asiti kwaka muzviro. Mhumhi nemakava zvainzwikwa kukekedzera pakati pematondo. Mwedzi ndiwo waiva wakachena uchikwira makata edenga uri zii zvawo.

Vanhu vaiva vachiri kutandara zvavo mudzimba vakakomba zvoto. Apa bhazi rekwaTabvako ndipo paraiva ronanga kumatunhu eGandahari richibva mumugwagwa weNhamande.

Mubhazi maiva nemumhanzi wairira uri pamusoro zvichitobva kuchikumbiro cheruzhinji. Pane kambo kaibva katongonzi karambe kachidzokororwa. Chikamu chizhinji chemubhazi chaibva chatosimuka pazvigaro kuitira kuimba vachitevedzera mushauri vachitambirira. Vaya vekutaurirana vaibva vaita kukwamatata nemanzwi epamusoro.

Vamwe vemubhazi ndivo vawaiona vakashama miromo vakatarisa mudenga. Ava ndevamwewo vaiva vasweramo mubhazi parwendo rurefu rwekugura matunhu vachiuya kumagariro matsva. Kuswera vachijatwa ndiko kwaiti vamwe vavo vachibva vati rukutu. Kana iri misoro waingoona yongonzi rechu rechu seisisina varidzi. Waitoita seuchavanzwa vachidzirova ngonono bhazi richizhamba nekwarowo rakautanyanga mugwagwa. Ipapo raiva rakabudisa meso sechidzvororo pasina kutenda mwedzi waiva wakachena zvenharo.

Pazhowezha yose yaiva mubhazi, Dyiwa naMaisva hapana chavainzwa kusiya kwezvavaitaurirana vagere pazvigaro zvavo. Sungano, mwanakomana waDyiwa aiva agere nechapamberi pavo achinyepedzera kuverenga bepanhau raaiva atenga paMutora. Akashuva kwazvo kuti aone zviso zvevarume vaiva kumusana kwake.

Sungano ndiye uya murairidzi akatanga nechikoro chemagariro matsva achishandira mudzimba dzekuzopindwa nasabhuku. Rwendo ruya rwazovharwa chikoro muGandahari, akabva atumwa kunovamba chitsva nerimwe divi remagariro matsva. Ndiko kwakava kumbobatiswa kwake chikoro cheChikarimatsito.

Kana waitwa mubati wechikoro unenge woita sewosungirwa kuwanikwa uchidzembereka pamuzinda wako nguva dzose. Nepanguva yezororo, mujaya aitoshaya mukana wekumbodzoka kuvabereki vake. Uno Mugovera ndiwo waiva wekutanga kubva pakuvhurwa kwezvikoro muchando. Ndiwo wakabva waita mukana waSungano wekumbotsika kumba. Aiva akatakura urongwa hwekuvakisa imba yakanaka pamusha pababa namai vake.

Mukufunga kwake, Sungano haana kumbogara arota kuti baba vake vaizowanikwa vakagara pachigaro chimwe naMaisva kana zuva ripi zvaro. Pamusoro pekugarisana, varume vaitokurukura zvairatidza kuti paiva pasina kana honye pakati pavo. Akaedza kutsvaga chinonzi chirume pakugarisana kwevanhu akashaya musi chaiwo wazvakanga zvapera mumusoro mababa vake zvedaka ravo naMaisva. Dai pazvairira sengoma asina kugara ambopaona, pamwe aizogona hake kungovasiya vakadaro.

Mukuona kwaSungano, zvaiita sekuti baba vake vaiva vatovhura chimukuyu chenyati chaaiva avavigira kubva kuChikarimatsito. Ipapo vaiva votokakashurirana zvavo naMaisva. Aifungira kwazvo kuti pasi pemwoyo yavo paiva nezvikukutu chero zvavo vaiva vachikurukurirana zvairatidza rudekaro. Mumwoyo make akambonzwa mhosva nekurwadziwa kufungira baba vake mabasa makuru muchikafu. Akambofungazve kuti kana varume ava zvaiva zvidhakwa vakanguva vaisirana mudoro nerimwe ramazuva.

Sungano akaedza hake kuzvituka pakufunga zvakaora nekuda kwababa vake, asi ririko rimwe zuva rakauya mumusoro make. Zuva iroro raiva pakati pechimwe chirimo chaakazviwanira kazororo pamusha. Apa aiva achibatsira baba vake mabasa avo ekupisa mavivi, kutakura mufudze, kubvukutira rukweza pamwe nekusunganidza maketani netyava. Musi wavati vombofema zvavo ndiwo wafambawo Masamba achikokera dare kwaSabhuku Masa. Sungano haana kunge aziva kuti dare iroro raiva rei kusvika pakuzoparurwa kwenhau dzacho.

Nyaya dzepadare dzaiwanzouya nemisoro yakatsaukana dzichibva mumagariro evanhu. Mumwe musi kwaiuya dziri nyaya dzekungoparamurana pakugarisana. Pamwe kwaigona kungouya nyaya inobva kweutano zvichingonzi chenjererai dzihwa richauya.

Mumwe musi madhumeni aigona kuuya achitaura zvekurima kana zvekubaiswa kwemombe. Nepamusingafungiri maigona kunzi chenjererai imbwa dzekwaMushaviri uko, dzinonzi dzakarwa nemakava. Vose vane imbwa dzivirirai chimbwamupengo. Mumwe ndiye aigona kuuya nezvemisangano chaiyo yekuvimbisa vanhu chikafu, mvura dzemupombi, magetsi, mabhiriji kana mabhazi mazhinji.

Musi uno wakanga uri musangano wekuvimbisa zvebudiriro yenharaunda. Musangano iwoyo wakasiya wati kune tara yaifanira kupfuura nemumagariro matsva ichivavarira makomo emberi ainzi achavhurwa migodhi yemaratya. Mugwagwa iwoyo wainzi waizozarurwa uchipfuura nepazvitoro wakati tasa nemumusha.

Shoko guru rakazobuda richiti vamwe vanhu vaizopazirwa dzimba dzavo kana matanga. Vamwe vaitonzi minda yavo yaizodyiwa mugwagwa uchipfuura zvawo. Kwainzi vose vaizodyirwa zvikamu zvikuru zveminda vaizotakurwa vachinogariswa zvekare patsva kune minda yakanga isati yatorwa.

Hameno kwarakanga rabva shoko richinenedzera mugwagwa mutsva kuzodya munda waMaisva uchinoputsa dzimba dzaDyiwa. Zvakazobuda zvichiti Dyiwa ndiye aifanira kuzotama kuti munda wake ugopiwa Maisva. VaMasa vakapinza shoko iroro mudariro, Maisva ndokusvetuka achirova mhepo nezvibhakera. Baba vaSungano vakasimuka ndokupfira mate pasi vachibva vatemera chisanhu pachiware. Mumazuva akatevera, miti mitatu yaiva nemikoko yaDyiwa yakazowanikwa yakadonha nenzira yekuveserwa mwoto mudondo reDzimidza.

Zvakazotorera Sungano nguva kurairidza baba vake kuti zvemigwagwa yepamisangano zvaiva zvekutungana kwembudzi. Chaakagona kuvataurira vakamutenda ndechekuti vachenjerere nharadada dzaigona kuvarwisanisa nemuchivande.

Sungano akaisa ruoko muhomwe yepachifuva ndokutora kanhare kake. Akati ndochibayawo, ndokuwana kapera mwoto. Kaingovawo zvako kekutarisa nguva mumagariro matsva. Tsika yake yaingova yekupota achinyora tutsamba twake kuvanhu vaanoda. Musi wekuzokwira mugomo kana kupfuura nepamasaisai ndiwo waizova wekusundidzira tutsamba twuya achiteyawo tunenge tuchipinda. Paakatsvaga zvekanhare kwaiva kuda kutarisa tumwe tutsamba twaaiva ambowana gore richitanga. Aka katsamba ndiko kaiti baba vake vaiva varova Maisva netyava padhibha…

Pakurondedzerwa kwazvo painzi Maisva akatopona nekumhanya achiita seachasiya mumvuri wake. Tyava yaDyiwa inonzi yaiva ichidandira yakagura musana zvekusiya Maisva achishaya pekutangira kukwenya. Vose vaivapo vanonzi vakangobatira ura mumaoko varume vachitugura huruva kudarika mombe padhibha. Mhosva yaMaisva yainzi ndeyekurova mombe yekwaDyiwa zvisina kunaka pakupinda mudhibha.

Sungano akazotura befu bepanhau rake rikaita serichabhururuka nepamusoro pevanhu mubhazi. Akazowana unyanzvi hwekucheuka ndokutoona shasha dzichitozuwa zvadzo dzichimwekurirana zvekusvika kugotsi. Akashama n'ai oshuva zvake kuti rwendo rwuchipera semunhu aiva amuka pakati peusiku. Akatsikitsira zvake achivimba kuzomutswa nevakuru vake pakuburuka. Akavarega vachingoropota dzichibva dzamuba zvedi.

Kana mazongonzwa kukuchurwa, bhazi richizoita serichawa nemanhede, chizivai kuti mave kuvambuka goronga reseri kweziware. Chigarai henyu maziva kuti bhazi rotopinda muDzimidza kuti muchiburuka. Nyaya dzenyu dzinenge dzokangaidzwa nekufunga zvose zvamusingafaniri kuzosiya mubhazi.

Kumutsa kwavakaita Sungano vakabva vati twavo mbare-mbare vodungamidzana sehondokotiwa vachiinda kumukova. Sungano akaita shishi yekutsanangurira kondakita zvesaga nebhasikoro rababa vake zvaiva pamusoro pebhazi. Ipapo baba vake vaiva vachitsvaga kukakata waya yaisvika pachingendengende chepamusoro pemutyairi. Uya mumhanzi wairira mubhazi wakabva wati zii, ruya ruzhinji ruchibva rwamboti tsvame nemutyairi. Hapana akange aziva kuti tambo yaifambisa mumhanzi ndiyo yakanga yakakatwa nababa vedu. Kana ivo vakangoita zvekufungidzira voregedza tambo rangova dembutembu rorembera nepafudzi pavo.

Kondakita akabvisa chinyoreso pamuromo ndokuuvhovhesa muridzo waiti mutyairi amere mapapiro. Ose manyawi ekutyaira akazomapedzera pakuvhunira magiya mupoto yawo achikutidzira nemakumbo. Ipapo aiteya kumira pazimuonde raiva nechikwangwani chaiva chakanyorwa kuti **DZIMIDZA MASA BUS STATION.**

Bhazi richimira, varume vakati jiti-jiti ndokugachidzwa twavo twese mumwedzi wechando. Kondakita akaita kubvuta matikiti ake ndokubva adira shangu nembama pagonhi. Bhazi rakabva ratiza nekuzhangandira kwake. Hameno havo imomo nemumhanzi wavo wadamburirwa tambo.

Bhazi rakaenda zvaro, asi mumusoro mavo vose makasara muzere kutinhira kwaro nemhanzi iya yekudzokororwa. Maisva akapakatira kanhava kaakanga aputiridza twekusvikawo akabata pamukova. Sungano akazvitakurira mutundu waakanga avigira mai vake achirega baba vozvisesedzera runainai rwavo. Baba vakafara zvekuita sevachananzva bhasikoro ravo, kana kufamba vakarisimudza. Vakaboira maziso tumisodzi tuchida kubuda vobva paye pazimuonde remuDzimidza vonanga kumba.

Mwedzi waiva wakachena zvedi. Makwenzi aikanda mimvuri semasikati chaiwo.

Varume vakaita kutsokota pasi vakananga kudzimba dzavo. Mazizi aihuhudzirana achirangana kunobvuta mbeva kuminda yehurudza. Ruzha rwaibuda mumusha rwaitaura vanhu vaiva pamufaro kwasabhuku. Ngoma yaiva ichipadangurwa zvekuti waikarofamba uchitambirira.

Sungano aitadza kutambirira kangoma kepamutambo nekuti hana yake yaiva yaitawo kangoma. Nzendo dzake zhinji dzekumba dzaiwanzopera pasina mukana wekuzevezerana netsvarakadenga yaakanga asiira chitsveru chemashoko makukutu. Saga raiva pamusoro rakazonzwika naani kurema iko kangoma kehana kotakwaira kachisvika pane mumwe musha waaitoona mwoto uchibaka vachifamba kudaro?

Jaya guru kwaingova kufamba richiita zvaro serichaguruguta senjiva. Vaya vakuru varipo havatombozivi kuti vari kufamba zvavo neveve renzungu. Kwangova kupepereka zvaro, nemwoyo harichina- wakabvutwa kare. Saga riya rotoita zvino serisina chinhu. Kana iri ngoma iya yekwaVaMasa yotoita seyatodzima nekushaya anonzwa. Nekuhukura kwembwa mumusha hakuchatombosviki munzeve dzaSungano. Iwo mazizi emujinga meziware rekwaBadza ave kungopedza zvawo nguva yawo. Nekutyisa kwematenhere anotevedza ziware hakungasviki kuna Sungano. Iro ziware zvino rogachira mwedzi zvekuti mazitombo aye oita kunge mazipuka asina kumboonekwa musango ripi zvaro!

Maisva akanga avawo nedzake dzekudimbudzira kunanga kuna Makaita. Haana kuda kuzopfuura nekwaDyiwa kwaaiva asiya kasanhu kake mangwanani vachiinda kubhazi. Akabva asarudza mharadzano yepaziware vasati vapinda mumusha. Dai

Sungano aiva asiri mitunhu nendangariro dzake, angadai akanzwa zvakanaka kuonekana kwababa vake naMaisva. Iwo mwoto waiti mbetu mumusha divi rakadziva kwaMasamba ndiwo waimutenderedza musoro achiedza kupinza ndangariro dzake mumba maidero muchibikwa naShuvai.

Vachisvika pamusha, imbwa yavo Kusaziva yakangohukura kamwe ichibva yauya ichipembera. Yakamira nemaviri ndokutsika bhasikoro parwendo rwekutanga. Yakapota kuseri ichitsvikidzira kwazvo ndokusimuka zvekare yotsika baba pachifuva. Yakazovasiya youya kuna Sungano kuzomufembedza makumbo ichitsvaga kuyeuka panoti mukoma. Uno muswe ndiwo waichetura mhepo zvekuti kana vaiva mumunda wezviyo zvaisara zvati rakata. Yakahukurazve kamwe ichifara ndokubva zvaita seyaidaidza mai . naTichaona kuti vachibudira kuzoona baba nebhasikoro ravo ravaiva vatengerwa namukoma Sungano.

Kuya kwaMasamba, mumba maingova namai nomwana wavo. Baba vainge vasati vadzoka kubva kumutambo. Zviya zvavakaita chiverevere naMagocha, hakuna anoziva zvavakazevezerana mukutorana kwavo parutivi. Hakuna anoziva kwavakanosvitsana.

Mai nemwana vaizofarawo zvakadii kuziva kuti neMuvhuro chaiwo, baba vaizotanga kushanda nechikwata chemipon'oro yemasaisai? Izvi zvaireva kuti vaizopotedza matunhu ese emagariro matsva nekumwe kwese kwakanga kusati kwasvika masaisai.

Mwoto waipfuta zvekuti mimvuri yamai nemwana yaibuda zvakajeka ichitambirira kumadziro. Iripo hadyana yaigodhoma pachoto zvichinhuhwirira. Hari iyi yaipota ichipfira tumate neshungu dzekuda kuburwa. Mai vakambosenga zvirukwa zvavo pamakumbo semucheche. Vaiita sevaimirira kuti mwana atore matanho pahari iyoyo.

Shuvai akatoti zvake vhurwada pedo nechoto. Akatanga kukutidzira huni zvichitoita sekuti mwoto waiva mushoma kwaari. Mai vakangoshama muromo. Mumvuri wavo wakatevedzera zvose nekudzungudzira uriko kumadziro.

Mai vaShuvai vakati regai tione kunowira tsvimbo nedohwe pahari iyoyo. Vakapfuurira mberi nezvirukwa zvavo. Vaipota vachikanda ziso pachiso charo zai ravo rakagova regondo. Vaibva vati kunanzvira muromo pamwe nokukwidza dzihwa raikoromoka zvaro rega.

Vaviri vaiva vabva kupfuudza kudya kwavo kwemanheru. Chikafu chababa ndicho chavaiva vavharira mundiro dzavo hofu pedo nechoto. Vakanga varikinditsa mai nemwana ndiro dzikasara dzachena. Kana riri remusi uno rakanga radzika richimhanya semudhudhudhu ndokuvasiya vachinongora mazino.

Hari yakati ipfire muchoto zvekare, mai ndokusenga zvirukwa pamakumbo zvekare voteteresa huni.

"Aita hake sahwira wababa vako. Tanga taumukirira mufushwa pano pamusha mumwaka wechando. Kana ndirini zvangu ndanga ndanzwa nedomba, handimbodi kukurevera nhema mwanangu. Ndibaba vacho here vakupa vomene?" Mai Shuvai vakavhunza kudaro vachinzwa mweya wepoto uchivakorongonya zvekare.

"Ndiye andipa. Baba vacho vaswera vasipo nhasi." Shuvai akadaro ndokubata rukuni rwaipinda muchoto. Akarega ruoko rwake rwuri pahuni.

"Shuwazve! Dai vanga vari baba vacho havasi vaizokupa yose iyi. Ende waita kusarudzirwa!" Mai vaShuvai vakataura vachivavaidza meso pandiro yainge yakati tuku nenyama. Iyi ndiyo yavaida kuzobuda mumba vavedzenga nekusasika. Yaiva yabva naShuvai wavo kwaMagocha parukunguvira.

Mai Shuvai vakatarisa mwana wavo zvekare. Ura hwavo hwaiva hwangoreba zvekuperera pahwaitangira. Nyoka yacho yakanga yangoti Shuvai, ndiye zii zvayo yakadaro. Zvavakauya kumagariro matsva, vakambomusiya kumadzisekuru ake kwaZimuto achitanga *Form 3* yake pachikoro cheMazambara.

Rino gore ndiro raiva rekutanga kwaShuvai kupindawo muGandahari. Shoko rakanga razomutevera pana Kurume raiti azofambira zvaibva nekuchikoro zvichiti aiva awondomora mabhuku pa*Form 6*. Kuverengera kwababa namai vake chete ndiko kwakanga kwati achisvika pachando asati adzokera kwaZimuto.

Shuvai aiva zvino atokura kuita chiya chikuku chimhupu chekusanongwa negondo. Mai vake vainzwa kunyevenuka vachitenda mbereko yavo pose pavairadzika meso paari. Hakuna aivaudzawo kuti newedu mujaya wekwaDyiwa aiva anzwa kwazvo nekuseva pasi pakurangarira mwana wavo ariko kwake kuChikarimatsito.

Masamba aishuva kwazvo kuti mwana adzidze sekuda kwemadzisekuru ake. Mai vake ndivo zvavo vainyanya kuverengera kuti mwana atumirwe kunopfuurira mberi nechikoro. Vaiti kukanda ziso paari votopererwa chaiko.

Bhazi rekwaTabvako vakarinzwa richitinhira richibva nedivi reNhamande kusvika ranopinda muDzimidza. Mai Shuvai vakanongora nyama mumazino avo ndokubva vati, "Inga nhasi rakurumidza chaizvo. Kubva ratouya vanhu vachiri kudziya mwoto Mugovera kudai! Ndotofunga kuti nhasi rina uya mawaya wekututana nenhoro mumatondo ekwaMushaviri."

"Aiwa! Ndikowo kukasira kwemabhazi ekuno kuGandahari. Iko kuno kure zvako veduwee! Ndiri kuita ndichifunga mangwanani arakasimuka pamusika tikazoswera pamugwagwa." Shuvai akadavira mai vake achitsindira garo remutsvairo wake kuti urongedzane. Aida kuti agotsvaira pavainge vadyira.

Mai vake vakabva vasimuka ndokunogara pachigaravakwati kuti vamupe mukana. Akazoti otsvaira zvake achirwa nedhirezi rake raiva rasvika zvino pekuonekana naye.

"Ndatoona zvangu kuti dhirezi rako rakutambudza mwanangu. Zvino zvaucharisiya uchirida! Uchagorisiira ani wako pano?"

Shuvai akangoramba achitsvaira anyerere. Waitoona kuti haachazivi chekuita. Aiva otsvaira marara achiita ekukangurudza.

"Zvaita seiko mwanangu? Ndiwo mutsvairirwo wemarara here iwayo? Zvatichasvodazve nhai tichiyarusa mhandara inovhiringidzwa nemarara. Chimatsvairira hako seri kwegonhi."

Shuvai akatsvairira marara seri kwegonhi. Akabva amira akabata muchiuno neruoko rwaiva rwusina mutsvairo. Meso aiva abatwa nejuzi rairukwa namai. "Zvatakanga tati motanga nerangu wani nhai mhai!? Ndongotivo dai rangu rikazonaka sairoro. Ramuri kuruka rakazonaka henyu imi!"

"Ndinombotanavo here!? Chishanu chinosvika ndatotanga rako."

"Ndinenge ndichiri pano here? Mozotevera henyu naro." Shuvai akaseka hake namai vake. Akabva atokanda mutsvairo pasi ndokumhanya akananga kumukova. Ipapo ruoko rwerudyi rwaiva rwakatsikirira rweruboshwe pamuromo. Akapotsa awira muna Tichaona wekwaDyiwa aitosvikawo pamusha pavo munguva iyoyo.

"Gogogoi mumba umo." Tichaona akadaro ave kutopinda mumba.

"Pinda hako Ticha iwe! Inga ndotongoona munhu ave pamukova chaipo nhai! Kwakanaka here kwawafambiswa neusiku?"

"Ndabvira zvino here kuti tisvikewo pamusha pano muchingozavaza zvenyu naShuvai! Kwakanaka chaizvo. Manherui mhai!" Tichaona akabva abata mai Shuvai chishanu ndokunogara pachituro chaiva chakadziva kuchoto.

"Swededza chigaro nokuno ungafa nechiutsi Ticha iwe. Wati kwakanaka here iwe?"

"Baba vati ndizodaidza VaMasamba. Kwanzi vauye izvozvi. Mukoma Sungano ndivo vanoda kuvaona. Kwanzi mangwana vanofuma vachidzokera kwekare." Mukomana aitaura achirerekarereka musoro sebveni rashaiwa mano ekuputsa damba mujecha.

"Aa! Baba vaShuvai vachigere kudzoka kwasabhuku kwandavasiya kumutambo. Ngoma zvaichiri kungorira pamwe vachiko zvavo."

Tichaona akasimuka mai vaShuvai vachingopedza kutaura. Ivo vakabva vati, "Woinda hako nezhara yako zijaya. Tanga tichangopedzavo kudya muno. Kana vasvika togovaudza vouya vasati vavata." Vakazopedzisa votaurira mhepo, mwana waDyiwa atobuda. Izvi aimhanyira mukana wekukwazisana naShuvai asati adzoka mumba. Kwaiva kun'un'unirana mashoko vachitambidzana kahomwe kemwadhi kaibva kuna Sungano.

Tichaona paakange ave kuenda, Shuvai akamonya muromo ndokunanzva mhepo akatarisa munzira yekwaDyiwa. Ipapo akabva atsvikidza achisimudzira gumbo nekuzvirova kambama keshaisano ikoko! Kambama kakarira kuti paa, mwedzi ukashaya chimwe chawakawedzera kana kutapudza.

Mumba muya, mai Shuvai vakasara zvavo voti makumbo avo wa-a. Zvekuruka juzi vaiva vambomiswa nechiutsi chaiva changova chipwititi. Vaimirira kuti Shuvai azopfutidza mwoto vachingoti dai musi uno kurutsa kwake kwachirega kutora gore.

Mai Shuvai vakazonzwa manzwi aiva asisina Tichaona mukati ndokubva vadongorera. "Uri kutaura naniko Shuvai? Ndibaba vako here?"

"Ndibvirei ma'Shuvai. Ndingaita Masamba manzwa muhon'era here? Kokokoi tipinde tidye sadza isu!" VaMakaita vakadaro vatopinda mumba momumwe wavo.

"Ndangonzwa kutaura kwaShuvai ndikati zvimwe baba vake vadzoka kumutambo kwandavasiya."

"Kunenge kuchiri kufarwa zvako. Regai vasungunuke pazuva ravo."

"Ko imi makona nei kuuya kuzopembera nevamwe?"

"Isu tange tichambokweshana nezvimwe. Izvozvi kutosimuka kudai izhara yapinda mumba." VaMakaita vakadaro vachigadzika denhe ravo pasi.

Mai Shuvai vakambobvorongonya rukuni rwaitusva chiutsi ndokubva vati, "Haiwavozve tibvirei! Makamboona hurudza dzichichema sadza iyemi? Tinombokuzivai here muno mumusha muchiti sadza?"

"Mungangodaro zvenyu ma'Shuvai, asi ndizvo zvamuri kutoona vasikana. Hamuti ndashurwa nemwana waMagocha kuchigayo uko!? Nhasi ndiyeka anga aripo ega achiita madiro ivo baba namai vasipo!"

Shuvai akapinda.

Mai Shuvai vakabva vaswederera kune mumwe wavo vachisosonwa nekuda kunzwiririra. Vakaita zvekufunya chisero ndokubva vati, "Shuvai siya wapfutidza mwoto unotora upfu kumba uko."

Mwana akambotanga nekunogeza maoko. Paakazobudira upfu, mai vake vakasara voti, "Mati anga achigaisa nokuti vakatandanisa musevenzi?"

"Handizvo zvandareva ma'Shuvai. Kwakainda mugaisi wavo nenivo handitokuzivi. Changoitika ndechekuti mwana wacho ndiye aswera achigayisa. Tanga tiri vashoma chose asi tagoswedzwa ipapo tikatsvukira. Seni zvangu ndanga ndiri pekupedzisira ndaregodemba!"

"Saka mati chigayo chazourawa here nevadzidzi veshambo?" Mai Shuvai vainge vasisagoni nekugara kwese. Hameno chikuru chavaifungira.

"Chinzwai ini ndingopedza kurondedzera. Ndazogairwa nguva dzadyana chaizvo. Pondomupa mari, zvonzi mari yenyu handiidi iyoyo yakati kuunyana ikagoti kusviba. Kwanzi dhora renyu rinoita serakabva America richifamba neshoka. Kwabva kwanzi kana musina mari kwayo upfu hwotosara zvahwo. Kuti ndisimudze wangu muromo ndakonewa ma'Shuvai. Ndapererwa chaiko ndokutobva zvangu ndapinda muzhira kudzoka kumba ari maoko ndichitoimba. Ndanga ndichamira papi isu tanga tasvitswa usiku naiye munhu wanga achiti akati kwenyu chigayo otodzima angoita saga rimwe zvaro? Hameno ikoko kumba kwacho seri kwechitoro kwanga kuchingonzi ndizvo zvisikana zvongoti kuchajisa mabhatiri mazuvano. Hoho-oda! Zvoti uku zvinochajisa mabhatiri naizvowo zvichitsvuka mwoto!" VaMakaita vakaseka zvavo.

Mai Shuvai vakanga vasisina zvekuwedzera votyira kudzoka kwemwana. "Kumwe kubereka kunenge kungotupfunyura mapundu zvawo ari muura, mai Solo. Mangwana kuchiidza, imi mochingomukira zvenyu paupfu hwenyu chinyararire."

"Kwaazvo! Ndinomuka ndichinotora upfu hwangu. Baba Solomon zvavainda kuMutora nhasi ndinovati ibvai mandinyururira yakaayiniwa ikasambopetwa tione kana akaswera nayo muhomwe ichitenga zvose zvepasi pezuva."

Shuvai akauya neupfu ndokusvikotsveta denhe raVaMakaita pasi asinei zvake nekwaienda nenyaya. Harina kugara rapinda munzeve dzake rechigayo chaidzimirwa vasikana seri kwemba.

VaMakaita pavakagwadama vachiuchira nekuoneka, Masamba ndipo paakasvikawo achitopinda mumba. Akambomira akashama muromo ndokuramba akadaro zvekutoita sedzukununu rakarinda mhembwe. Akatsvaga kuzvitsigisa ndokukubudisawo maviri matatu, "Mukagoita semave kuinda ini ndichisvika wani!?"

"Nazvino ndanga ndototiza zvangu. Ndingamira kuti mativigira zvekwamanga muri here?" VaMakaita vakapedzisira nokugwinha ruoko rwaMasamba pakubatana chishanu. Vakanzwa kunamirira kwaiita sekuti ruoko rwaiva rwambonyikwa mumanyuchi.

"Moenda zvenyu penyu pamadziro pamunodaro kumboti nyangara semakainda Joni!"

"Aa! Zvababa vaShuvai nhai! Kana pamba pangu pari pamadziro munochidii kutumira migoti yangu yamakanguva mavimbisa? Kubva riini ndichingomirira migoti miviri yoga? Nhai nhai! Inga vamwe munongovavezera wani! Munoti mari yenyu hamuiwani here?"

Masamba akaita zvokuzviwisira muchigaro chake ndokutsikitsira oti, "Migoti yenyu ndanga ndatoinda nayo kwasabhuku ndichiti, zvimwe muchauya. Zvino yatozobva yobvutiranwa hayo nevanga variko."

"Ichokwadi, hapana wamaipa. Kwedu hakuna anga aripo nhasi. Ini ndazoswera kuchigayo. Ukuwo baba vaSolomon ndivo vamukira kubhazi mangwanani." VaMakaita vakadaro vachitobuda mumba mehama yavo.

Masamba akasara angoti tuzu. Akazoti dhishi remvura hwezengu pasina waataura naye ndokubva arizadza neyakachena kwava kubuda naro. Akanoita chinguva aripo ndokudzoka odira imwe zvekare. Rwendo runo akatora nekasipo ndokubuda zvakare. Mai Shuvai vakashama kwazvo vachiona chirongo chavo chichiita sechichapedzwa.

Yaingova nyaya yekugeza maoko chete. Kugeza kwacho kwakave kwekupokotora nekukwesha zvekuti Masamba aiita seachabva rukanda rwepamusoro. Paakapedza kupokotora kwake ikoko, akabva atsvanzvadzira muhomwe achibva ashayisisa zvaaida. Chokwadi banga riya harimo. Zvichaita here kudzokera nyangwe mwedzi wakachena zvekukutaridza tsono iri mumurakani? Akangodzungudza musoro ndokuteura mvura yaiva yasara. Ndiko kwakazova kupinda mumba...

Paakapinda mumba, mai Shuvai ndivo vakabva vamutanga. "Ko kuzosvika musingavhunzi sadza nhasi zvaita sei? Chibvai mangogeza henyuka mudye."

"Handidi sadza."

"Ranga richinakazve rekumutambo rabikwa nevakadzi vamambo! Iko kwamabva mazosvibirwa kudai muchidzoka musina kudhakwa, tongoti ndiro sadza!"

Masamba akabva zvake ati, "Zvanhasi chimbondiregai. Handisi kuda sadza." Akabva atobuda.

Mai nemwana vakangosara zvavo vakati tuzu mekare muimba yekubikira. Mai ndivo vakazoita zvekuvhundukira voti, "Shuvai, chirega kurivarazve iwe! Tevera baba vako vakupe banga ravo. Zvatatizve nyama iyi haingavati yakadaro!"

Baba vachinzwa zvebanga ravo vakacheukira mwana ndokuderedza inzwi voti, "Banga rangu munoridii chaizvo?"

"Tinoda kuvedzengesa nyama."

"Mamboiwana kupiko nyama yacho?"

Masamba paakanzwa kuti nyama yaiva yabva kwaMagocha akadzvova sembada. Akapinda muimba yekuvata rangova bwititi mufungwa. Akatanhaura mabhatani ehembe ogara pakamubhedha kaigona kukufungisa kaye kemuchipatara kana kemwana wechikoro. Paakada kuti aite manhede, Masamba akanzwa odaidzwa zvekare.

Murume akasimuka chinyararire ndokunomira pamukova oda kunzwa matama aizobva kumudzimai wake.

"Ko Shuvai zvaakuteverai achida banga mamuti kudiiko ndinzwewo? Nyama yasara iyi haingavati isina kuvedzengwa baba vemwana."

"Ndakabvira riini ndichiti banga rangu haribatwi nevakadzi?"

"Hii, ndanga ndatokanganwa hanguwo imwe nyaya baba vaShuvai! Matumirwa mwana! Nhasi zvangu, ndaizofuma ndichizvireva sei zvapfuura!"

"Mwana waani iyeye? Atumwa naani? Kwaita sei?"

"Muri kutodiwa kwaDyiwa izvozvi. Mwana waDyiwa wekudzidzisa auya kubva kuchirumbi achiti anoda kukuonai nhasi. Atumira Tichaona pano achiti mangwana anofuma achidzokera. Kana muri mumwe maitoinda henyu izvozvi."

"Dyiwa ane mwana ari kuchirumbi kupi? Iko kuChikarimatsito ndiko kunganziwo kuchirumbi here?"

"Tongoti zvedu chero imi maziva kuti matumirwa mwana nemunhu anofuma achidzokera!"

Masamba akatarisa kunzira yekwaDyiwa ndokufuratidza fungwa dzake mwangarira wejira.

Kusaziva yakahukura zvinotyisa. Kuhukura kwayo kwakaita kuti Masamba amire. Akabva akunga mbiya dzezvibhakera akatarisana nayo zvekuti waishaya kuti aida kuzoipa chirango chemutowoyi paya pakuhaturwa gumbo.

Paakaona kuti imbwa yauya kuipa, Masamba akadaidzira, "Vepano! Tisvikevo! Vepano pamusha!"

Tichaona akabuda mumba ndokusvikonyengetedza imbwa yake. Akaninira Masamba kuti apinde mumba.   Iyo yaiva ichingorwisa kupokonyora kuti iwane kukakashura mweni.

"Kotikoti mumba umo!" Masamba akadaro achipinda mumba. Akabata vose vaiva mumba chishanu kwava kuzogarawo pabhenji.

Imbwa iya yakaramba ichingovirira ichiita seichatopinda mumba kutevera Masamba. Tichaona akatoita kupinda basa kuituka zvose nekuinyengetedza kuinda nayo seri kwemusha.

Vemumba vakazoita havo zvekuvhunzana dzeupenyu vachibva muruzha rwekuhukura kwaKusaziva. Dyiwa ndiye akazotarisa kuna Masamba oti, "Asi ranga richivava kani, ipo pameso penyu zvapakangoti mhodyo kudaro?"

Mai Sungano vakabva vagamha murume wavo voti, "Makamboona baba Shuvai vakadhakwa here imi? Izvozvi vakatokwana naro imi muchitoti havana kana kuribata." Mai Sungano vakabva vadongorera mupoto yavo pachoto.

Vakambosekedzana havo zvishoma ndokubva mumba mazoita karunyararo kaipota kachigurwa nechipunu chaivo mai vemba chaivhiringidza chitatarara chejongwe mupoto.

Masamba akachizobva apurudzira mabvi achiita seanotsvaga kudzura tumvere twemudhebhe wake. Akabva ati, "Ndanga ndichangobva kusvika kumba izvozvi. Pandanga ndoti zvangu ndichinozorora, ndipo pondonzwa mai Shuvai voti manditumira mwana. Ndabva ndangoti chiregai ndivange. Ndatofara kuwana muchiri kutandara henyu…"

"Hoo nhai, a-a!" NdiDyiwa uyo. "Mukomana wamuri kuona uyu ndiye anyanya kukufurusai kuzorora kwenyu Mukanya. Ane kaimba kaanoda kutivakirawo pano. Pandanosangana naye atonditaridza marata aanoda kuti ndigonotora kana basa razotanga. Hapana nhetemwa pakuronga kwavepo, zvekuti munongonzwana naye kuti zvichatora nzvimbo ndezvipi."

Basa raivapo raiva rekuforoma nekupisa zvidhina zvemba yaidikanwa. Dyiwa akabva asiya nyaya mumaoko maSungano naMasamba.

Masamba ndiye akachizotanga zvake nekuti, "Waita musoro chaizvo mukomana. Saka wanga uchida zvitina zvingani iwe?"

"Ndingati ini *Seven Thousand* kuti zvinge zvavepo patinovhara zvikoro tichiuya ku*Heroes*. Handizivi hangu kuti mungadaidza pakadii. Kana zvichitobvira mubve matotanga kuswera mangwana Muvhuro kana papi zvapo panongoita kuti tibate mazuva atareva."

Masamba akatura befu ndokusimudza ritsoka achikorekedza minwe yake kuti akomberedze ibvi nemaoko ose. "Nyaya yako iduku mujaya. Ndingati zvangu ini; motsi, mvura unotsvaka vanochera. Piri, kukanya kusvika pakupisa ndini. Tatu, iwe wongoreva pawanga wakafunga kundipa ndozotangirawo ipapo. Kana ndadaro ndombosiya tsoro yacho mudariro mako kuti utambevo."

Sungano aiva akateerera kutaura kwaMasamba zvichimupa kunge airota. Ndivoka baba vaShuvai vaaidaro kupa basa. Nekwakewo, Masamba aizvitora sekurota. Iri basa remhuri yekwaDyiwa raiva richiuya mumatsimba evimbiso yake naMagocha yekuzobairwa chitupa kuInfrastructure Company.

Sungano akabva zvake ati, "Kureva kwenyu kwese kwakanaka. Kana iri mvura munenge muchichererwa nababa pano vachikweva madhiramhu nemombe. Kana pari pamari ndingabva hangu ndati titaure takanangana nechamunoda kuzobudisa mabva kushanda basa rezvitina *seven thousand* zvakatsva. Izvi zvinoitawo kuti nemiwo, pachinzvimbo chekufunga nezvemari, muve nechinobatika pamwoyo penyu. Mukasiyawo vaya vamunoshandira vachingova nemari mumusoro ndipo paya pavanobva vakupai zvigurwa zvamusingagoni kushanda nazvo kusvika vati mari yenyu yakwana."

Dyiwa akayemura mwana wake achiuya nezano raiita kunge raishaikwa pakushanda kwaMasamba makore ose muGandahari. Kana ari Masamba akacherekedzawo kuti Sungano aimubatsira nezano rekushanda chaiko kwaaishuva muhupenyu hwake. Nhau yemabasa ake ekupedzisira kwaMagocha ndiyo yaipota ichidzoka mudariro mendangariro dzake. Akanzwa kudumbirwa kwazvo netsvete yose yaiva yamupa kushandira Magocha mabasa madiki nemakuru. Akazvituka kusvika pakuzozvinzwira tsitsi nematama matsva aiuya naSungano.

Baba Shuvai vakazodzikamira zvavo ndokubva vati, "Muchandibvumirawo kurotomoka kwangu muno mumba."

"Aiwa, sunungukai zvenyu! Izvozvo ndizvo zvinoita kuti tose tifare pakufamba nemabasa edu."

"Zvakanaka chose mwana! Chishuvo changu changa chatova chekusiya mabasa emuno mumusha ndichifunga kunoshanda kunondigonesa kuzopawo vamwe mabasa kuti ndivakisewo imba yakanaka ine marata. Ndinotenda kwazvo kuti ndapiwa simba idzva rekuti ndiite mabasa maviri mukamwe. Pandinopedza zvitina zvepano ndikashingawo kuita zvangu ndingada kwaazvo kuzotsvagawo mabhiridha chaiwo anovaka zvine *plan*. Ndingazoitawo dzimwe mhindu dzekutsvaga kupedzisa marata asi ndaripa bhiridha nezvichabva pabasa ramunondipa pano."

Sungano akabva agutsurira ndokuti, "Hamuchionizve! Iko zvino zviroto zvemwoyo wenyu zvinosvitsa mvura isati yanaya gore rino chairo." Achitaura izvi, Sungano aipota achitarisa baba vake avo vaibva vagutsurira kubvumirana naye pakuzadzisa zvishuvo zvababa Shuvai.

Nguva dzainge dzatizana. Dyiwa naMasamba vakatsidzirana kuzobata vose paya pakucherwa kwemvura nekutakura huni.

Masamba akazobva zvake ataura zvekuoneka achisimuka, "Mudzidzisi, ndafara nekuvimbawo kuti rwendo runo kwangu zvichapindawo mugwara. Basa iri ndinoona kuti richabatwa sezvarinofanira."

Dyiwa paakaona kuti Masamba oenda, akabva ati, "Moinda imi muchiona sadza rapedza kubikwa here nhai Makwiramiti?"

"Iye munhu anga otovata ndiye achaverengwa mundiro dzanhasi here? Ndabva ndatsindira chaiko. Chiregai ndinorovera shaya pasi." Masamba akataura achizamura.

"Bva mongoinda henyu, asi murairo unoti dai mangogura musuva."

"Kana mati henyu murairo unofanira kutevedzwa. Murairo…" Masamba akabva agarisika omirira zvesadza.

Sadza rakauyiswa mujinga mavo vachibva vagezeswa maoko pakare. Tichaona ndiye akasimuka ndokubva anamata, vose ndokuchizodya zvavo.

Vachidya kudaro, Dyiwa akati kuna Masamba, "Honai futi, tanga totorega muchibuda. Tiri kuti kwanhasi chete tikudzipei mumbofamba henyu musina banga renyu. Pane mbudzi yatati tibaire mukomana wenyu uyu."

"Ndizvo hazvo, asi mumwoyo mangu ndiri kutoti hangu, pachavhiyiwa mbudzi papi ipapa kunze kwaenda kudai?"

"Ko huchanzi usiku papiko naiwo mwedzi wakadai semasikati nhai Mukanya? Inototi ife. Kana akaira adzokera mangwana tinenge tozomuona ipo paya paati kuvharwa kwezvikoro. Naiwo mapere nemakava aye anomborura muno, zvaunoitazve seuchazodemba wangosiirwa ura hune mavhu kumakwenzi uko! Kana mukavasiira renyu riya banga unyetu, ndima ingatofamba sekuhwaira kweziso"

"Haiwa, ndogosiya zvangu." Ipapo aiteya hake kukkwana kwenguva nekuzongobvumburudza homwe pakurishaya. "Haiwa, ndogosiya…" Masamba akazodaro achigurunura mapfupa aiviga panonaka pechitatarara chejongwe. Zvakadaro hazvo, pane mweya waasina kufarira uchitenderera mumaoko ake paya pakuswededza musuva wesadza kana nyama kumuromo. Pamwe zvaingova hazvo mufungwa dzake. Masamba akazogeza maoko zvekupedza kudya sadza. Zvino dumbu raiva rasiti ndendende. Akabva asimuka achitenda kupiwa kwake basa naSungano.

Paakangomira pamukova kuti abude, Kusaziva yakabva yarutanga rwekuvavarira Masamba. Yaiti ikamboenda kwakadaro yodzoka ichipenga zvekudya mwoto. Yakambopisa yakananga nekumatanga ndokudzoka nekuzvirugu zvembudzi ichiita seinoda kubvuta baba vaShuvai.

Dyiwa akabva abuda ruoko rusina nekugezwa achiti aedzewo kudziva iyo Kusaziva yaivira kudaro. Vakatozofambisana zvekubuda musha mushure mekunge vagona kuibvisa pakuvavarira Masamba. Ipapo yakabva yaruvamba zvekare yohukura zvino ichiinda seri kwematanga nedivi rakadziva kumunda. "Mofamba henyu zvakanaka. Regai ndimboona kuti yambopenga ikadai nei chaizvo."

Mwedzi waiva wakachena zvekuti kana chiripo chaifamba, Dyiwa angadai akachionawo chaipa imbwa yake kuvava kwakadaro. Akabva angozvisiya zvakadaro opinda mumba kuti achigadzirira kupinda musango. Vakomana vaizosara zvavo vachivhiya mbudzi.

Kunze kwaiva kwafamba. Dyiwa haana kuzvicheuka izvozvo. Chaaida ndiko kumirizika zvaizopawo mufaro kumwana wake.

Kana riri basa reuchi aiva aita kukura naro. Kusvika kwavakaita muGandahari, Dyiwa akabva azadza mikoko mumatondo ose akanga asati atorwa kuita minda.

Kana rwuri rwendo runo, Sungano aifanira kudya uchi asati adzokera kuChikarimatsito. Ano mazuva ndiwo aiva ekuvhara zveuchi chando chisati chakomba. Sungano aifanira zvekare kuzotakura mbudzi yekubairwa kubva pamufaro wababa vake.

"Imi vakomana, ini handichatambisi nhambo. Mbudzi yenyu yakatokumirirai. Zvokuita munozviziva." Dyiwa akataura atorongedzera zvekunobura uchi. Akanga zvino atopfeka juzi pamusoro pehembe yemaoko mapfupi, mudhebhe mutema pamwe nemanyatera. Akatora gwande rake rekuburira uchi ndokubva atuma Tichaona kunotora kasanhu kake mumba yavaichengetera midziyo.

"Baba! Chisanhu chacho handisi kuchiona ini!" Tichaona akadaidzira amire pamukova wemba yacho.

"Ndati tarisa seri kwegonhi!"

"Ndiri kungoona chababa vaSolo chamati vasiye paya muchiinda kubhazi."

"Chitora hakozve ichocho uuye nacho. Handiti ndechokungofambavo nacho husiku huno!"

Tichaona akauya nekasanhu kaye ndokupa baba vake. Akabva apinda mumba maiva namai nemukoma wake. Baba vavo vakabva varova masango.

"Iwe Ticha haudero warega baba vachiinda nebanga rababa vaShuvai ranzi rinopinza?"

"Aa! Mukoma zvenyuka! Dai muchiziva kuti banga iroro rinonzi rinopinza rinombopota richivezeswa migoti maibva mangosiya henyu zvakadaro. Tingatovhiya zvedu neramai rinosukisa migoti pane kurwaririra rinoivezesa."

"Aa! Tichaona wava kurwara here? Wakamboonepi banga rinovezesa migoti?" Ndiye Sungano uyo.

Mai vavo vakabva vaipindira. "Hausati wamboona banga rababa Shuvai here iwe Sungano? Ndingatoti ini, yose migoti iri mumba muno nemusha uno wose ndiro. Ukariona richivezeswa migoti unoregoti masaramusi! Ndinoona zvangu kuti pakuzogara rakarodzwa ndipo parinoita mbiri iya yakazonzi inosvika Bhodha-Munaka. Nyangwe rikacheka gake chairo, haridzoserwi mumbudu risati rarodzwa. Hazvigoni!"

Sungano akabva ati, "Nderemushonga kani banga racho?" Akambonyarara ndokuzobva zvake ati, "Hazvinei! Tochingoshanda hedu nezviripo."

Vakomana vakabuda zvavo vonopfuudza chipo chiya vachisiya mai vavo vari mumba. Kana ari wedu Sungano akanga okasikira zvekutangira kudzoka kwababa neuchi.

Kuya kuuchi, Dyiwa aiva angonanga zvake mumwe wemikoko yake yaiva isiri kure nemisha. Kufamba kwake kwaiva kungandaira sehachi radambura mahanisi. Runyararo rwaiva zvino rwacheka nzvimbo yose zvekuti waigona kutya kana kukosora chaiko. Kana iri iya ngoma yaiva isisanzwikwi kurira kwasabhuku. Voruzhinji vaiva vatopinda mumachira.

Dyiwa akatombozeza kuti arambe achifambira mberi norwendo rwake. Mumwe mwoyo wakanga womuudza kwazvo kuti adzoke kumba azomirira rimwewo zuva kuti aburire mwana wake uchi. Semunhu aiva zvake angozvigadzirira, akabva asimbiswa nechido chekufadza mwana wake.

Murume akazofamba zvishoma oda kusvika pane rimwe gwenzi. Akaita seanonyangira achisvika pagwenzi riya, kuita seuya anoda kubata mhashu. Akazomira atarisana negwenzi iwo mwedzi wakamutarisa. Akatsveta gwande rake nechisanhu pasi kwava kutombora-tombora pasi pegwenzi riya achivavarira midzi yaro. Uyu muti ndiwo waimumiririra nguva dzose kana nyuchi dzotora matanho pakuvhurwa kwemukoko. Chake kwaiva kungotsenga mudzi uya ofuridzira mumukoko. Ipapo nyuchi ndipo padzaibva dzasundirana rimwe divi dzichisiya uchi pamhene.

Dyiwa akatozobva pagwenzi otsenga mudzi webasa rake. Ipapo akanga ofamba kunge murimisi ari kurava nhanho dzemakandiwa. Riya gwande nechisanhu, aiva zvino apakatira muhapwa.

Akambomira zvekare. Akapurudzira ndebvu dzake ndokubva asekerera. Sungano aizohunanzva asati adzokera kwake kuChikarimatsito. Ipapo akanga atarisana nemuchakata waiva nemumwe wemikoko yake.

Akazomirisana nehunde yemuti uya. Hunde yacho yaiva yakakora zvokusapoteredzwa nemaoko emunhu mumwe. Akatakunya manyatera ake ndokumbotsveta chisanhu negwande riya pasi. Akatarisa mumuti, ndokutarisa pasi. Akatarisa mumuti zvekare ndokutarisa pekuti agotanga kutsika. Paakazotarisazve mumuti, Dyiwa akabva angoti godi pamhandi yekutanga sehoromba yegudo. Zvitsiko zvaaiva agadzira achiturika mukoko zvaiva zvichimubatsira nepakubura uchi zvekare.

Murume akabvisa juzi rake ndokuripfakaidza pane rimwe davi. Akabva awedzera kutsenga kamudzi kake. Akazoyeuka kuti asiya gwande rekuburira uchi otobata chidziviro chemukoko kuti atange basa. Akaridza tsamwa ndokudzika kuti anotora gwande rake.

Nhamo yakazova pakukwira mumuti zvekare. Mumaoko nemutsoka makaita kunge maidikitira zvekuti akatanga kusvedza pakubatira nepakutsika. Akanzwa mabvi ake achishaya simba.

Dyiwa akazora mavhu mumaoko kuti kakudikitira kaye kapere. Akaedza zvekare kukwira mumuti ndokuona zvichiramba. Akamira kuti afunge mamwe mano.

Mwedzi waiva zvino wakwira zvokuti kana dai raiva zuva, vanhu vaibva varinzwa kwazvo richirova nhova. Dyiwa akabva anona mumumvuri wemuti kuti pane zishiri raiva rauya kuzomhara. Zishiri iri akabva angoriziva pakarepo. Akamboedza kuzvifadza achiti ndeimwewo zvayo shiri asi hapana kuita nguva shiri yacho isati yatanga kuimba nekudetemba.

"Sva-a, aa! Rinodei pano? Sva-a mhani!" Iri raiva zizi. Wedu Dyiwa akaedza kudzima fungwa yengano dzaiti zizi ndere muroyi. Akambodzungudza kuti arambe zviya zvaiti parinofamba, mai varo vanenge vari mumashure. Mwoyo wake wakabva wafuratira kana iro juzi raaiva asiya mumuti zvese nechando chaiva chichiedza kumunanzva pasi pemuti. Dyiwa akabva angokotama orongedza twake akati mwiro. Akasunga manyatera ake ndokumanzwa abata zvakasimba.

Murume akafamba chinhambwe kubva pamuti ndokubva amira. Zvokuenda kumba zvaiva zvada kumuputira. Zvaiva zvoti chando zvikati kutya! Pave paye akabva ashora fungwa yekunosvika akabata maoko chete.

Kuti averenge mikoko yake yaiva pedo, Dyiwa aigona kusvika kugumi rinoraudzira. "Zvokuinda kumba ndisina uchi kwete. Ndinofanira kuona zvimwe zvandingaita. Mikoko ndinayo. Zvino chingandinetsa ndiko here kunotora uchi?" Dyiwa akataura oga azara nedzakewo shungu dzekunanzva kazinga kanoremerera asati avata.

Pane muti waakayeuka amire kudaro. Muti uyu waivawo nemumwe mukoko wake. Ndiwo muti waiva usinganetsi kukwira pane yose yaaiva aturika mikoko. Akatoona ave kufamba akananga kumuti wacho. Hazvina kutora nguva kuti asvike pamukubvu waiva pajinga peziware remumusha.

Mumvuri wemuti uyu waiva wapoteredza pasi pawo pose. Rwendo runo Dyiwa aiti kana zizi riya rikamutevera aizoona zvekuita naro, zvose namai varo.

Akakurura manyatera ake ndokutsveta chisanhu chiya pakadero. Akatanga zvekare kutsenga mudzi wake achikwira mumuti. Aiva zvino adzvinya gwande rake sokunge aitya kuti ringatiza. Akakwira pasina kana kunetseka.

Rwendo runo takanga tisisina juzi rekubvisa. Dyiwa akanatsotsveta gwande rake pazvipazi zvairichengeta kuti risadonha. Akabva akwetsura chidziviro chemukoko ofuridza kuti nyuchi dzisuduruke. Akahukwachura achihutirira ihwo uchi hwaiita kunhuhwirira. Kana newe waibva wanzwa kuti dai ndangonanzva ndisati ndapedza kuhubura.

Dyiwa akabura uchi ndokuzadza gwande rake. Akabva adzika zvake naro richiremerera. Paakapedza kupfeka manyatera ndipo paakayeuka kuti aiva asiya mukoko wakashama. Akakurura manyatera aye achiita zvekumatakunya chaizvo.

Akakwira zvekare mumuti ndokutarisa hwidibo pamusoro pemukoko nepamatavi akapoteredza. Hwidibo haana kuiona. Akaringisa nekutsvanzvadzira chose, asi hapana chaakaona. Akati zvimwe akanga aitsveta mugwande reuchi akadzika nayo. Akabva zvake angobumira muromo odzika kuti anange kumukova.

Paakati jiti, Dyiwa akambomira zvake asi pasina chaaimirira. Tsoka dzake aidzinzwa kugogonerwa nehubvu dzaiva dzakati dzvarara pasi pezimai radzo.

Paiva pasisina nguva yekutambisa. Mudzi waaiva atsenga waiva wosunga mumukanwa. Akambotonona zvake ndokupepfura kazinga keuchi asati aruvamba rwekupfeka manyatera. Akatanga nekuhunanzva ndokubva anzwa kuda kukwakuka nekuzipirwa. Paya panoti tsuro ndisunge paibva pauya mumusoro maDyiwa nguva dzose dzaaidya uchi.

Dyiwa akanatsonzwa kuti mumukanwa hamusisina zviya zvemudzi ndokuchibva atanga kutsvaga manyatera ake. Rekwaziboshwe akariwana ndokubva aripfeka. Paya pakuti achitsvanzvadzira rimwe racho ndipo paakabata mupini wechisanhu chiya. Akangochitakunyira parutivi oenderera mberi nekutsvaka rimwe nyatera. Akabva ariwana.

Hana yaDyiwa yakakwata sehari yeusvusvu. Nyatera akariwana rave mugumbo remunhu. Akatevedza gumbo raiva nenyatera kusvikira abata mupimbira waiva nemvere sedzediro. Akaramba achikwidza neruoko rwake achibva abata mudhebhe waiita sewakapetwa zvekuda kusvika mumabvi. Mwene wegumbo haana kana kumbopfakanyika. Apa ndipo paakashama kuti sei asina kunge aona munhu uyu paakakwira mumuti ruviri rwose.

"Hei! Ndianiko anovata mudondo makadai? Mabva marimedzaka zvekurasika kudzimba!" Hapana akadavira. Ipapo ndipo paakada zvake kumboita sekunyumwa. Mwoyo wake wetsitsi ndiwo wakazomutusva kuti amutse chidhakwa chiya kuti chinovata kumba kwacho.

Achizungunusa chidhakwa chake, Dyiwa akatodudza zvake oti, "Nhasi vadutira zvavo masese pamutambo kusvika pazvidikwadikwa. Munhu kubva atadza kuziva nzira yekumukova achizovata mudondo! A-a! Kutotsamira mudzi kani baba vangu iwee-e! Kwanzi ndatove mumba-a!" Dyiwa akazungunusa chidhakwa zvine masimba. Akamboregera kuti amboterera ngonono kana kudavirwa. Haana chaakanzwa.

Dyiwa akabva ada kunatsoona zvino kuti ndiani ainge araradza zvakadaro. Paakaswedera pedo nechiso, gumbo rake rekwaziboshwe rainge rakatsika kubendekete, rekwazidyi rakapfugama pedo negokora. Asati ambonan'anidza akanzwa kwainge kunyorova kwemarutsi. Pakuti arambe achifunga kuti zvaiva zvedoro ndipo paakachibva anzwa zvichimurambira. Murume akavhura meso sechidzvororo ndokubva asimuka.

Kumhanya kwakazoita Dyiwa obva pamukoko wake kunoshaya tsananguro yakakwana. Ndiyani angazoyeukawo kana uchi hwacho, chiya chisanhu, kana rimwe nyatera? Zviya zvekuti ndoda kunofadza mwana zvinenge zvave zvemumwe mutoo baba imi! Chikuru ndiko kusvika kumba uri mupenyu, zvawana munhu musango zvisati zvakuwanawo.

Rakazova zivokochera nemumakwenzi Dyiwa achimhanya. Chakanga changosara mumusoro ndiro divi rekumba achibondera pamiti nezvitsiga. Akanga asingateereri zvekubaiwa kana kugumburwa. Kana kuri kudonha aingogomera achimuka. Akachekerera nemugura achinzwa mhepo kufetura nekumeso kwake nepamaoko achivesera mukati memwedzi muchena.

Hameno chakazomupiringisha nekumupinyura sedhibhura zvekumukanda mudenga chaimo. Kudonha kwakave kupwatsikira pasi achibva adzima pakarepo. Kana riri danda kana dombo rakamupondora mupimbira haana kuzviziva. Chakazongova chando muviri wose iwo muromo uri muvhu.

Kusaziva ndiyo yakazoita nzendo dzayo rusingaperi. Kuhukura kwayo kwaiva kwasiya mwero weukasha zvino, ichikwidza nekudzika kusvika mai Sungano vazotuma vakomana kuti vaitevere.

Paakazodzidziuka, Dyiwa akaona ari mumba. Mwoto waipfuta muchoto achimuona kunge nyeredzi iri kure kwazvo. Pamwe pacho mwoto uya waibva waita kunge zizuva. Pamwe pacho waibva waita kunge marimi aiuya kuzomubvura pakati pesango. Ipapo aibva avhazuka kuti atize. Kuda kuti asimuke, chifuva chake chaiti kupisa chikati kumuremera.

Vaiedza kutaura naye achingonzwira manzwi avo kure kwazvo. Pavaimuvhunza chaiva chatora nzvimbo, pamwe pacho aibva avanzwa semadusvura aida kumubvutirana pakati pedondo. Paya pakuti asimuke kuvatiza, gumbo rake raibva rabandura zvaimusiya oridza mhere. Hapana aiva achareva zvekuminyuka kana kutemera padombo paya paakadonha.

Kudzimbikana, kuneta nehope zvaikwikwidzana zvichiturura makarukaru pana Dyiwa nenguva yemurirakamwe. Mai nevana vaingopedza zvavo nguva yavo kuvhunzurura chaiva chatora nzvimbo murwendo rwekunobura uchi. Mhinduro dzacho kwaingova kukumbira mvura yekumwa kana kuzorodzwa.

Chaivanetsa ndechekuti gumbo raiva rakazvimba harisiro raiva neropa. Raiva neropa rakanga risina kana pai zvapo paiva pachitaridza kukuvara, kusiya kwekuti raiva risisina shangu. Kana dziri hope, hakuna akazoshanyirwa nadzo musha wose.

Mangwanani eSvondo kwakamuka kune zavuvuta remhepo raibva nekumabvazuva. Waiita seuchashaya mufaro pakufunga kubuda mumachira kana kubuda mumba. Kwaingovhuvhuta zvako, asi kusina kana negore zvaro raiti zee mudenga. Chando ndicho chaizezesa ndangariro paya pakuteerera mhepo yaivhundusira.

Mamwe madzimai ainge ari kumukira kutsvaira pamikova. Mamwe ndiwo aiva amukira kunochera mvura kuzvibhorani zvaiva zvadzikwa mumisha yeGandahari.

Mai Shuvai ndivo vaiva vachangomukawo kuti vanotsvaira marara. Wedu Masamba akainzwa mhepo ichivhuvhuta akaita manhede mumachira. Aivapo pakamubhedha kaye kainge kemwana wechikoro. Fungwa dzake dzaiva dzapinda pabasa kasingaperi kuti adzokorore matangiro aiva aita zuva rake riya ranezuro kusvika pakuzofamba kwake nousiku. Akaedza chose kufunga chaipo paiva pasarira banga rake.

Murume akambowanawo chinhambo chekuyeva umhizha hwemaoko nebanga rake akaita zvake manhede kudaro. Akaona nhungo dzemba yake dzakanatsorumana pachirubu dzichidzika zvadzo kunobata chidziro chemba mativi ose. Nembariro dzacho dzakanga dzashaya mano ose ekupishana mukurongedzwa kwadzo neumhizha hwaMasamba. Kana huri uswa hwaiva hwakasarudzwa ndokupururwa zvainyatsobudisa chimiro chemba yakanakisa paugaro hweGandahari.

Masamba achitarisisa mumupendero wechidziro chemba yake, akaona kuti zuva rakanga roda kubuda. Kusekesera kwesheche pamwe nekutatarika kwemachongwe kwakabva kwadudzira kutanga kwezuva idzva. Kana dziri njiva dzaiitawo kurira kwadzo nechokure. Pakanga pasisina vazhinji vanomuka vachidzokera mumachira.

Mutsvairo wamai Shuvai wakachema kwazvo pakunanzviswa marara. Kwakazoita inzwi remunhurume aingova maungira kumisha yorumwe rutivi rweGandahari. Masamba akabva ayeuka nezvomupeta waiva wadirwa pamusha wakadziva kwaMushaviri.

Paakange ave kuzengurira kumuka, hana yake yakamunyeurira kuti pakanga pasina nguva yekutambisa. Chaaifanira kutanga nacho ndiko kunoona iye Magocha. Ainzwa kwazvo kuda kunomupa zviga zvitsva zvekushandidzana kwavo. Makwara ekushanda nemhuri yaDyiwa aiva avhura fungwa dzakajeka zvekuti Masamba akabva arwarira kugeza nemvura ingadhomora maoko ichidzima zvose zvisina maturo zvaakanga abata paupenyu hwake.

Mutsvairo wamai Shuvai akaunzwa uchinyarara ndokubva kwatevera kutaura kwaVaMakaita. Masamba akaridza zitsamwa rokuti kana tsikidzi nemapete zvaikarodonha. Chairamba chichitenderedza mai ava pamukova pake ndicho chaimusvitsa pakudzama kwendangariro. Akatonzwa mai vaya voti, "Imi vagonhi zvenyu matomuka muchiwana nguva yokuchenesa pamukova penyu vasikana! Ini chokwadi ndichamera nhonho naiko kufamba."

"Imi ndimi vatinototi vagonhi nekuti munotoinda kwamunoda muchisiya zvese zvichiitwa naGrace wenyu, chisikana chakagwanhira zvacho. Zvino ini ndikafamba handiti kunongova kudzoka ndotangira pandasiira! Kana kuri kubika ndinizve, kwave kuzoti heri sadza chimukai. Zvaunotoita seuchagezesa baba nemwana nhai vasikana imi!" Madzimai akabva abvarura chikwee chakanosvika Masamba pakadzika.

Masamba akabva ati kwarakwashu ndokumbogara paya paruvato achiti atsvage pekutangira zvekare. Akanzwa madzimai ave kupfuurira nehurukuro dzawo.

VaMakaita vaiva vauya kuzotsvaga mari yaivawo nane zvekuti mwana waMagocha asawana kunoipomera kusviba kana kuunyana. Shoko rakabva rabudawo pekare richiti murume wavo aiva asina kudzoka kuya kuMutora kwaakanga amukira nezuro. Vaiti zvimwe aiva asara nebhazi.

Fungwa dzaMasamba hadzina kuzomubvumira kuramba achitevera nhoroondo dzemadzimai aye. Kupinda kwakaita mai vaShuvai kuzotsvaga mari yaidikanwa naVaMakaita kwakamupa kuruma muromo achiona Magocha mufungwa dzake.

Masamba akazoita zvekusvetuka achisimuka mukamwe nekuturura imwe hembe pamutariko. Akapfeka mumwe mudhebhe nemamwe manyatera zvakasiyana nezvazuro. Akabva atora nhava yaiva isina chinhu obuda nayo. Vaya VaMakaita vaiva vatodzokera kumba kwavo kuti vanotora bhara rekunotakurisa upfu hwavo kuchigayo.

Murume akabva pamba chiverevere. Paakazoita rwendo rwekuzvitoro, nhava yake yakanga zvino yakwana nepasuru yaMagocha. Mushana uya wakanga wambovimbisa kufashaira wakabva wangoti nenguva duku nhoo! Kwakabva kwavhundunyuka makore matema akati zvi-i. Mhepo iya yekuvhuvhuta yakawedzera. Kunze kwese kwakabva kwashanduka. Vose vaiva vasiya misha yavo vasina majasi vakasara vokungura.

Shungu dzakaitawo zvekufashaira muna Masamba. Muhapwa makadzika tudikita twaitonhodza mbabvu tuchidzika nenhivi dzedumbu. Pamhino pakaitawo tumhodzi twedikita twaingoramba twakamirisana tusingadonhi pasi kana kuyerera.

Paya pazvitoro, Magocha nemhuri yake vaiva vachangomuka zvavo. Vaiva mumufaro wavo wemazuva ose. Vaivapo baba namai nemwana wavo Tafuma aingovawo zai regondo.

Mai Tafuma vainge vatozarura chitoro vomirira kusangana nevatengi vavo vemusi weSvondo. Vaiva vatorivhura gindimukindi remhanzi vachirirovera zvavo nechapasi. Pamwe pacho vaitambirira vachiedzesera kutevedzera zvaiimbwa.

Muchitoro mavo maigara makatsokerwa zvinhu zvaidokwairirwa nevoruzhinji munharaunda yose yemagariro matsva. Kuya kwekutengesa nyama kwaiva kwakabata zvikuru pamusi uno mushure mekuwisa imwe handira yaisidonha manda pakufamba kwayo mumafuro. Nekuchigayo kwaiva kuchifambirwawo nevose vemuGandahari, huye neruzhinji rwemitunhu yaipoteredza magariro matsva.

Vaya vaishanyira nzvimbo yeGandahari nevaiuya kuzoita misangano paMagocha vaibva vangosiya varidzi vezvitoro vachisekerera. Kana ariye Magocha aibva atsva mukati nekuzouya kwakaita vamwe vezvitoro mumashure make. Karipo kafungwa kaiwanzomupa kuda kuverenga vese vaishanyira zvimwe zvitoro sevanhu vaifanira kungoperera muchitoro make. Kese katsapo kemunyu kana kai zvako kaifambirwa pazvitoro kaifanira kubuda muchitoro chaMagocha. Pese paaiwana goho guru, mwoyo waingosara uchidokwairira chero donhwe zvaro raitapukira kuvavakidzani vake. Shungu dzake dzaiva pakuti vose vakamupoteredza vabve vagwadama. Wese aipfuura nepo aifanira kusamboona zvitoro zvavo.

Mumwoyo maMagocha maigara makadudza kwazvo kuti, nzvimbo ino inonzi Magocha Business Centre- nekuti ndakavaka chitoro chekutanga pano, uchitova munda wangu zvekare!

Wedu Masamba akabva ananga kuseri kwechitoro kwaiva kune imba yaMagocha. Kuya kuzvitumba zveboka rekufambira basa remasaisai kwaiva kuchakati mwiro zvako. Vanhu vacho vaiva vasati vamuka. Haana kuda kugara azotumira hana yake ikoko. Akangopota kunotsvaga paiva naMagocha wake.

Masamba akawana yedu shasha igere zvayo pachituro yakafuratira mhepo muberere. Ipapo yaipukuta shangu dzemhando nemhando. Apa kamuridzo kaiva kachiita kufuridzirwa kuri kuzvishingisa kumhepo iya yaidaro kusenerera ichifembedza pose pakashama.

Magocha akaratidza kusungunuka kwazvo achigachira Masamba kuseri kuya. "Aa, tigachireka murume! Inga zvichakarofamba negwara kwaro. Hapana nguva ndichidzamisisa zvemushando wedu hama yangu."

Magocha akaedza kudaidza Tafuma kuti auye nechimwe chituro. Tafuma aiva zvake ari muimba yakabatana neyaitengeserwa nyama. Haana kudavira. Imomo mumba, mujaya aiva achifema sembeva nekuedza kuteya kwazvo kana muyeni wababa vake aiva Masamba. Aida kwazvo kunzwa waiva musoro wenyaya. Unodaro ukagara mumba wakadekara iyo nyaya yako ichitopinzwa mudariro.

Pakangotanga nyaya baba vaShuvai vachiita sekuzuza ruoko, Tafuma akanzwa manzwi oderedzwa. Pavakazopinda nedembo ravo mumba, mukomana akasara angoteya madziro nemhepo yawo. Akabva ada kuita zano rekunopinda nemukova wekuchitoro kuti agozowana pekuti kwati achiteerera chaiva chasimudza mweni wavo rungwanani rwakadaro. Paya pekuti achibuda mumba make, Tafuma akabva aita mahwekwe naVaMakaita vatokunga minwe yavo kuti vagogodze pamukova pake. Nguva yakare iyoyo ndiyo yaizotorwa shangu dzekupedzisira nababa vake kuti vapinde nadzo muya mavaiva vakwevera Masamba.

Tafuma akarega VaMakaita vachikwazisana nababa vake. Mwoyo wake wakati hwezengu achiyeuka ndondo yaakanga avaonesa paye pavakauya kuchigayo. VaMakaita vakaita sevachatobudisa misodzi paakazovati vatore zvavo saga ravo pasina muripo.

Masamba akanzwa inzwi riya raakanga ambonzwa paya pakumuka kwake. Nhaurirano yaVaMakaita naMagocha yakazouya nekushandurudza Masamba pamaratya matsvuku. Mashoko aMagocha ekutanga kuna VaMakaita akanga auya achiti, "Nhasi muchitoro mangu muchasara chinhuwo here nhai vedu imi? Tototika mauya kuzohaya motokari nhai VaMakaita!"

Magocha akamboseka zvake ndokuzoti, "Eezve, handiti baba vakatadza kuuya kumutambo nezuro vainda kunotora mazimari ku*bank!?*"

VaMakaita vakaseka zvavo ndokuti, "Tichauya hedu tozotenga. Asi zvekuzohayawo mota zvinenge zvanyanya! Ndanga ndatouya hangu kuzogogodzera mukomana wenyu kuti andipe upfu hwangu."

VaMakaita vakapiwa saga ravo naTafuma ndokupinda munzira vodzokera kumusha.

Muya mumba, Masamba akaramba kugara pamitefetefe yemasofa. Akagara pachituro chaakanga abva nacho panze. Haana kuwana nguva yekucherekedza midziyo yainyiminya mumba muya. Kana mifananidzo yaiva yakaturikwa kumadziro, yevanhu vazere kusekerera, yakanga isisarevi chinhu kwaari. Akanga akaita zvekunamira ziso pahomwe yaaiva avigira Magocha. Aiva otonzwa kunonokerwa nekuparura zvaiva mufungwa dzake pakushandidzana kwavo.

Masamba akaderedza inzwi ndokukumbira kuti mukova upfigwe chaiko. Magocha akavhara mukova ndokudzoka achiti, "Ndingafara chose pano kuziva kuti pane zvakanaka zvakatifambira hama yangu."

"Zvako zvakafamba nemazvo Magocha. Pawairwarira chaipo."

"Chirega kuti zvangu Masamba. Zvako zvakagara zvanaka nechakare. Mangwana mangwanani chaiwo hama yangu unenge watova mumwe munhu naiyo Infrastructure Company yakatitsika iyi. Kana zviri zvekuya kwangu, ndingati kuuya kwawawaita unotodzokera wabata mazakwatira ako." Magocha akadaro opinda mune mumwe mupanda maakabuda ave nezigwama raiva rakafuta. Akatanga kutaura zvekare achizvikanda muchigaro. "Ungangodaro uchida kunditaurira mafambiro akaita basa nekubuda bhobho kwatingadaro takaita pamutambo iwoyu!"

Mhinduro kwaiva kudzungudza musoro chete. Masamba akamboringa-ringa ndokuti, "Zvekuswerokuya zvakwana Magocha. Nyaya yatinayo kana ukasangwarira uchazviwana. Mai vakumhorosa pamukova apo wavaona iwe."

"Chingotaura ndinzwe kani Masamba! Mupurisa here mai avo? Pane pamakasangana here? Vanozivei?"

"Aizve, chiregaka unzwe! Murume wamai ivavo ndiye ari munjumba umu."

Magocha akatarisa pasi akawetsa meso ndokuti, "Ha-a! uchireva kuti Maisva ndiye wawakabata? Vakomana, vakomaa-ana! Aaa! Nyaya yacho kana yakadaro inorema. Uri kurevesa here Masamba?"

"Zvawanzwa ndizvozvo. Muti wako uyu, yatosarira kwauri." Akadaro Masamba achinongedzera nhava iya.

"*My god!* Ndozvionerwa naniko? Asi, ndimbovhunzawo zvangu! Mari yaainzi akanotora zuro wakabva waita yokudii?"

"Ndiyo yawakanga wandituma here? Iwe zvawakandituma izvi. Zvose zvawakareva zviripo. Handiti wakati chero murume anenge angobatwa? Hezvika zviro zvako!" Masamba akadaro achinenekedzera ruoko kunhava iya.

Magocha aiva adzikama zvekudirwa chando. Pameso pake painge pave nebvute rekusuruwara. Akabva ati, "Muti wangu ndiwo zvawo, asi hauwonivo here kuti panorema? Wati mari yacho wakaita yekudiiko?"

"Wanga une chikwereti naye here? Kana mari yacho uchiida inda unotora muchikomo chaBadza umo. Ndimo maari kana asina kutodyiwa hake nebere madeko." Masamba aitaura achisimukira zvichiita kunge aigogonerwa nechituro.

"Haa-a! Apa uri kundiudza *futi* kuti yekudziva rengwena haina kuzobudirira! Inga takanga tabvumirana kuti munonogara munzira yevanoinda kwaMushaviri. Hazvisizvo here Masamba? Hapana kana chimwe chawafambisa zvine kumeso! Apa mari yacho kwave kusiya zvekare!"

Masamba akabva awetsa meso akatarisa Magocha ndokuti, "Mari yawava kuramba uchingodosha hainei newe. Chandakapotsa chii ini ndakuvigira muti wako? Kana uchipopotera kuti ugowana kuramba netwangu, hapana zvauri kufira. Pamwe ndini zvangu ndiri kutononoka. Handichina chekuita newe. Muti wako wauona. Pangu ndapedza. Dzedu nzira dzarwa. Kana uri mumwe waichindirega ndodzokera, ndonotsvaga kukanganwa kwandingaita kuti takamboonana hedu paupenyu huno."

"Mari haunyimwi Masamba! Asi hauoni kuti zvosanganisira jere mukati here izvi? Ini ndakanga ndati wobatidzana naZanda naMinora moita vatatu pabasa iri. Kana zviri zvekudziva maizonetseka papizve? Kana wanga wainda kwakadziva kwaMushaviri wega kudaro waizotadzawo nei kungokakaradzira mudziva zvikapera zvakadaro. Zvino hero jere?"

"Zvino waida kuti tiwande jere rigokumba musha wose nhai! Bva zvakanaka! Tochiona kunowira tsvimbo nedohwe naipo pano patasvika nejere rawareva. Ini ndangovinga kuti nditi pasuro yako ndiyoyi. Ndekupi kwaungaputsa vanhu sematamba kuti ugoti uyu haasiye, uyu ndarwadziwa, uyu anga anei muhomwe?" Masamba akatarisa iya nhava ndokuita seakanzwa uya mweya waimbomupa kuramba achigeza maoko. Akaedza chose kuwedzera kudzikisa inzwi nekudzikama kusina matyira ndokuti, "Hameno hako! Unongoda kufuma usingazivi kuti zvinoitwa sei!? Kana ukaita zvejee uchanodya remujere ugozoona kuti unofuma nepapi."

"Aa! Tava papizve baba vaShuvai? Kana kuri kusungwa tinofanira kungwarira tese. Muzive kuti makadzvinya munhu ndimi, *by one*, kwete ini! Saka," Magocha akanyarara aona mukova wedivi rekuchitoro uchizarurwa. Mai Tafuma vakangoombera maoko vachikwazisa Masamba kwava kupfuurira mumupanda uya waiva wabuda Magocha nezihomwe rakafuta. Mudzimai akangogwedebudza zvaaigwedebudza ndokubva abuda zvake pasina kupedza nhambo.

Vaya mai vachidzokera kuchitoro, Masamba akabva asimuka kuti achitorukwenya rwekudzokera kwake. Magocha akabva ati, "Mangwana ratangaka kuInfrastructure kwenyu uku!"

"Hazvisizvo zvandafambira!" Masamba akambonyarara zvake. Pave paya akazosohwaira akananga kumukova.

Magocha akabva ati, "Asi zvamboita sei chaizvo? Dai uri mumwe waichigara toverengerana mari yatakabvumirana wozoenda hako. Neniwo kwangu zvinoshanda kana tiri mukuwirirana. Ndine urombo zvangu kuti ndatanga nekududza kurwadziwa kwangu naMaisva pamwe nemufambisiro wawakaita basa. Mari yako ndiyo yandati...,"

"Rega zvako mumwe wangu. Idya mari yako. Basa rako ndapedza." Masamba akadzokera pachigaro ndokutaura nenzwi rakaderera, iwo maoko achidedera. "Tsvete yako haina chaichandibatsira. Wakandibatisa matakanana. Nhasi ndoshaya pekupinda nezvinhu zviri pachena kuti hazvina maturo. Ndakatoita fuza, ndizvozvo!"

"Hazvingashayi maturo nhasi Masamba. Basa wakatobata. Kana ndirini, nhasi ndinofanira kuvata ndagadzirirwa makwenzi angu."

"Zvichamawana kupi maturo acho nhai, kana munhu achinzi atoenda zveshuwa achisiya mhuri kuti mumwe munhuwo agoti oraramisa yakewo? Kana iriyo mari, nekwanguwo kuida kwainyanya. Ndipo pandingavaka ngarava nayo here kana chitundumusere? Kana newevo ungaiitisei? Wagara une upenyu hwako hwekuti vamwe vanotorwarira kuti dai vasvika kana pahafu yezvauri, asi hauguti!" Masamba akatsikitsira ndokubata musoro nemaoko ese misodzi ichibva yatanga kudonha yakananga pasi.

Zvino yochikwira hayo mutarara nyaya iya,
Mhosva yangu huru iriyo yokupusa,
Kubatiswa matope nekuda kwekukara mari.
Nhasi maoko angu asviba nezvinhu zvinopfuura.
Munhu hakuchina.
Maisva!
Kana ririro dziva, mhosva yake ndakaishaya.
Hongu ndakava mhondi pakumubata,
mari yake ndaiindepi nayo?
Hongu ndakashanda ndichiti ndezvemari,
kutora mari yekumba kwake kwaizorevei
kwandiri?
Hongu kuno waida kuzondipa mari,
yawaizondipa chii zvacho pane yandakasiya
pamushakabvu?
Zvese zvinongoputsa musoro kutsvaga kuti zvinorevei.

Pashure penguva yekuona kudziswa kwemisodzi nemadzihwa, Magocha, akatandavadza ruoko obata Masamba pafudzi. Akatarisa gonhi riya rakadziva kuchitoro ndokuti, "Pashungu dzako nekudumbirwa kwese ndinokunzwisisa hama yangu. Haisi nguva yekuti tirambe tichitsvaga kukakavara kana kupwisana. Changu chirevo chinombomirira pakuti kana wasiya mari yako pari zvino, ini ndichangoramba ndakaibata. Iwe ungangodero uine shoko raungada kutsidza pamusoro pekufumurana kana nyaya iyi yochitanga kusimuka pakati pemusha."

Masamba akasimuka ndokubva ati, "Ini handina chandinovimbisa mberi kwako ndichibva pano. Yangu dzokororo iri pakuti, chauya chauya! Ndichatsvaga kuchena kwangu kuti tiite setisina kumboshanda tese, setisina kumbotumana mabasa. Hatina hukama. Hatizivani!"

"Zvakanaka hama yangu. Iwe uchaindawo ndadzokorora rinoti ndichangosara ndakabata gwama rako. Chero ukanozvipira kumapurisa, ndichangomirira paunodzoka ndokupa. Haungafiri mahara. Ini ndichange ndiri pano makore ose. Kana ari mapurisa ndivo vanin'ina vangu vandakasiira mukaka ndichirumurwa. Kana kuri kumatare edzimhosva vanonditi makadii tezvara. Patushoma twandinobata mumatare anobviswa shangu, vana Masa chaivo havati pwe chero zvikanzi vanofudza danga rezvinopfakanyika. Ndinoti zvangu uve nezuva rakanaka."

Masamba akapeta maoko ndokugutsurira musoro sekunge aibvumirana kwazvo nezvirevo zvaMagocha. Nenzwi riya rekudzikama, miromo yake yakabvunda kwazvo oti, "Kutora kwaunozviita nyore kunondiudza kuti waida kungofuma uchishaya ari mwana wako pano pamukova. Iyeye ndiye aizokuudza kunaka kwebhizimusi nefuma yaunodaro kuhutira. Kana nherera dzawati tigadzire waigona kuzonzwisisawo padzimire nhasi."

Masamba akabva abuda onanga kwamai Shuvai.

"Tisvikevo! Vepano pamusha vaindepiko? Tisvikevo!"

"Ndiri muno, svikai zvenyu." Shuvai akadaro achibuda munhanga make kuti achingamidze VaMakaita vaiva vodzembereka nedenhe reupfu pakati pemusha.

"Aa, nhai Shuvai! Chinguri ndakwama! Asi wanga uchakatovata hako kani?"

"Aa-a, kwete! Ndanga ndichitoayina hangu. Huyai henyu tinopinda mumba." Izvi Shuvai akadaro achinenekedza ruoko kubata VaMakaita chishanu.

"Oo, chitambira hakozve upfu nhai Shuvai. Ko zvaunoita sewatovarairwa?" VaMakaita vakambonyarara ndokuzoti, "Zvaunochisa nhumbi masikati adai zvino Svondo uchanoibata?"

"Nepadzave ndikainda kunenge kuri kutsvaka hangu kusangana nevamwe vodzoka. Nhasi iri kupindirwa kwaMushaviri. Ko, ndipano here?" Shuvai aitaura izvi achipinda muimba yekubikira naVaMakaita.

"Kwakatonaka here mai Shuvai vakati mwi-i zvavo vega muno? Kutodanidzira, kwandaita ndagodavirwa nani iyo shasha ichizvibaya nekukakashura nyama muno?" VaMakaita vakadaro vozvigadzika pachitehwe chembudzi chaiva pedo namai Shuvai.

"Tigere zvedu." Mai Shuvai vakadaro vachikwazisa mumwe wavo. "Zvanofamba hazvo zvakanaka here?"

"Zvafamba hazvo. Ndaregoti mashura here nhai ndichinzi torai henyu upfu hwenyu mahara! Mari yenyu ndatodzoka nayo! Ndatosiya mwana obika ndichiuya kuno." Vakadaro vachibvudzunyura chimucheka chavaiva vakasungirira mari.

Mai Shuvai vakanga vasingachadi kuramba votaura nezvemwana waMagocha. Vakabva vasekerera ndokubva vabata rukuni rwaiva muchoto, "Ndazviona zvinozoti mari yenyu irambwe. Heya inenge iri muchitokisi makadero!" Madzimai akasekedzana zvawo VaMakaita vachitwasanura mari yamai Shuvai.

Mai Shuvai vakadira mvura mekugezera maoko ndokuti, "Gezaika mai Solo mudye kasadza katasiira baba vaShuvai."

"Unondishura mukadzi waMasamba. Ndingauya ndomhara pai naiye Masamba ndadya nyama yake yaanga azuzirwa netumupfuhwira ipo pakugocha."

"Haiwavozve, maingogura kamusuva."

"Haiwa, chindiregai zvenyu. Iko kumba uku ndonowana mwana atopedza kubika."

VaMakaita vakapiwa denhe ravo raiva rabviswa upfu ndokubva vaoneka. Paya pavaiva vobuda ndipo pakabva pasvikawo Masamba achidaidzira. "Ko kusazozarura mombe zvaita seiko nhai vanhu vepano? Mombe dzinosundirwa ndidzo dzamungazengurira kuzarura nhaimi! Iko zvino mukanzi 'masikati, maswera sei?' munopindura, asi mombe dzichiri mudanga."

"Masikatizve nhai baba vaShuvai!" VaMakaita vakadaidzira vachipinda munzira yekumba kwavo.

Mai Shuvai vakaseka zvavo vamire pamukova. Iye Masamba akabva anongedzera padanga paiva pachakavharirwa mombe dzavo nhatu.

Masamba akatarisa mudzimai waMaisva achienda kumba kwake ndokubva abumira muromo kuti urege kubvunda. Akabva adaidzira Shuvai kuti auye nemvura mubhavhu rekugezera. Akadzokorora zviya zvekugeza maoko kwamadeko achiita zvekukwikwita. Nguva yekareyo akabva awana mukana wekugeza nekumeso. Paakazopinda mumba maiva namai Shuvai, Masamba aiva avhiringidzawo umboo hwezvaiva zvamboitika kumeso kwake.

Vakamupa sadza achibva ariramba. Mai Shuvai vakada kuti vacherekedze chaitora nzvimbo pamurume wavo ndokungogurwa nungo. Chiso chake chaive chichiratidza kwainge kuneta, kwainge kurwara, kwainge kusuwa kana kushatirwa chaiko. Shoko rimwe raigona kududzira maonero amai vaShuvai nderokuti panguva iyoyo, murume wavo airema. Kana turi tunyambo twaaimbopota achikanda ipapo pamusha, mudzimai akashaya kuti otudenha sei.

Murume akanogara paaiwanza kuitira mabasa ake ekuveza muzasi memuti. Mangwanani ano hapana hapo chekuveza, kana chekuvezesa chacho. Banga redu riya harizikanwi chaipo parakasarira kubva muchipatapata chamadeko mujinga meziware rekuDzimidza.

Achiedza kufunga zvebanga rake, Masamba akaerekana aradzika meso paya paakanga agezera maoko madeko. Akaona mazinhunzi maviri aiti rimwe rinobhururuka richitsvaga mabhururu, rimwe richinanaira kutsvaga humboo hwechikafu nemuvhu mese.

Masamba akazosimudza musoro ndokubva aona chikomana chichisvika chichiita kunyahwairira zvekutsvaga pane vanhu mumusha. Uyu aiva mwana waJadhiya akanga onanga mai Shuvai vaitobuda zvavo muimba yekubikira.

"Unotya kanhi nhai Pasi? Asi unoti pano pane imbwa kanhi?" Mai Shuvai vakabva vatanga mwana uya pavakamuona. "Svika zvako. Watumweiko?"

"Ndatumwa namai nababa. VaMasamba varipo?"

"Varipo zvavo. Mai nababa vakutumeiko kuna VaMasamba?"

"Mai vandipa mari yavo yemigoti, baba va…"

"Ndipe kuno mari yacho. Baba vakutumavo nemarii kwavari?" Mai Shuvai vakadaro vachinenekedzazve ruoko kuna Pasi uya. Vakatarisa kuya kwaiva naMasamba vakaona zvino asimuka akatarisa kwavari. Vakadzorera mwana wevaridzi mari iya ndokuti, "Kutamba zvangu Pasi. VaMasamba ndivo avo vakakumirira pamuti apo. Chienda zvako unovaudza zvawatumwa.

"Ndiri pano zvako Jadhiya iwe. Huya unditaurire zvawatumwa." Masamba akabva adzokera paya pekuvezera. "Ndipe hako mari yacho tione."

"Nababa vanditumavo," Pasi akadaro achigachidza baba Shuvai mari yaaiva abatiswa namai vake.

"Zvanzi kudii nababa?"

"Kwanzi mukokere dare kuvanhu vekuno kumusoro vose vauye kudare mangwanani ano. Ivo vati vachapotedzavo vachibva nedivi rokwedu."

"Hoo nhai! Anga ainda kwaSabhuku ndiani? Ndivo baba here?"

"Ehe, ndibaba." akadaro Pasi achigutsurira musoro.

"Vanga vanobatei kwasabhuku nhasi Svondo? Kwanzi doro richiko here?"

"Vanga vaita zvekutumirwa munhu…"

"Bva ndizvozvo zijaya. Ndave kutotanga kufamba izvozvi. Kana vazhinji vasina havo kuinda kuSvondo tinoungana chopu chopu. Iwe wochiita sechikomana chakangwara wopfuura nepaDyiwa uchiti zvanzi nababa Shuvai tisangane kudare izvozvi."

"Madii kuti atange ambopfuurira paMaisva apa, agozodzoka hake oinda nekwaDyiwa?' Mai Shuvai havana kuda kudya manonoko nezano ravo. Baba Shuvai havana kupikisa.

Pasi akainda nekwaMaisva, Masamba ndokusara opindawo mumisha yaiva yakapoteredza. Akatarisa paya pazvitoro ndokungobata muchiuno achidzungudza musoro.

Masamba akasvika pamisha mishoma ndokurairira kufambiswa kweshoko achibva atonanga kwaSabhuku. Ikoko akanowana vanhu vasati vawanda.

Vakazomirira kuwanda kwevanhu Masamba achikurukura naVaMasa mumba. Akaratidza kutambudzika nenyaya yaaiva achinzwa naSabhuku. Pave paya, VaMasa vakabva vati, "Iwe chibuda muno ubve waona kuti vanhu vagara vakanyarara. Kana Jadhiya asvika ndiye achasara achiona kuti havasi kuita mheremhere. Iwe ubve wadzoka muno tizombotaura hedu zvishomanana."

Masamba akabuda ndokuwana vanhu vatozara. Akabva adzokera maiva naVaMasa achinoreva kuti vachizodira nyaya yavo. Ivo vakamutungamidza mberi ndokubva vatora zvavo nguva yavo pakutevera. Vaida kuwana vanhu vakanyarara kuti vagopa nhaurwa yavo pasina chinovavhiringidza.

VaMasa vakasvika vachimira mberi kwemhomho yemusha wavo. Vakamboringa-ringa segondo rawisira nyoka mudenhere. Vanhu vaiva vakawanda zvavo, asi kwete sezviya zvepamutambo. Dzimba zhinji dzaiva dzabuda munhu mumwe oga, murume kana mukadzi.

Sabhuku vakambokosora ndokutanga kudzivaira mberi kwechaunga. Vaiva vakabereka maoko sekunge vaimema zviyo zvakaramba kumera. Vakaita kun'un'uzhira matadza kuri kukwazisa vanhu. "Mangwanani vanangu!"

Vakambomira poita mahon'era ekukwazisana.

Vakazotaura nezwi rekudumbirwa voti, "Nhasi hatinei hedu nekubingisana nevasipo nokuti zvinobata vanhu musi wokusungunuka seuno zvinowandavo. Zuva ranhasi rasiyana nerazuro ramaisharinginya pano muchidya nekumwa. Takashurwa mumusha muno. Pane nharadada yakawozhera muno mumusha mangu. Kana ndikaiziva ndinokaroibvuta mberi kwasabhuku vayo ndoiranga ndomene. Kuzvidzwaka uku!"

Voruzhinji vasina kunge vagachira zevezeve vaiva zvino vorwarira kuti VaMasa vapinde mukati menyaya yavo zvisina kuswerokuya.

"Handidi zvangu kuti ndichiswera ndichirebesa muteuro iro sadza richipora. Pano paita vana vanga vanononga hubvu mudondo umu. Ava vana ndivo vaona nenji pamuti wavo iwoyo. Zvino toti tichinozvionera toga. Masamba tarira vana vacho seri uko kwavanga vachitamba vabve vatitungamirira achiri mangwanani kudai." Masamba akaita sezvaiva audzwa vana vaya ndokuuya.

"Saka mufambiro watichaita ndeuyu; Masamba ndiwe uchafamba mberi. Ikoko unenge une vakadzi. Ini ndichange ndiri mumashure nevarume. Pakadai hapadiwi mheremhere yakanyanya. Hapana anotsauka kutsvaga kuita zvemusoro wake. Tinenge tichingotevera vana ivava kusvika vatisvitsa ikoko. Handei hedu tione." VaMasa vakabva vapeta maoko kuti vaone zvavaiva vataura zvichiitwa.

Hapana nguva yakadyiwa. Vanhu vakasvusvuma semakwai vakananga kuya kuziware. Mberi kwaaifamba, Masamba akasangana namai vevana vakanga vaona mabasa musango ndokubva vamuti, "Tofambiswa mumatondozve naivo vazukuru venyu vanomukira kuchakaira mumasango vachitevedza michero."

"Vana vanongova vanazve nhai muzaya! Vasiye havo! Kumuona ndiko kumuponda here?"

"Akaita zvekupondwa here munhu iyeye kana kuti akangofawo zvake?"

"Chirega tichinozvionera muzukuru!" Masamba haana kuda kuramba achataura namai vaya ndokukanda tsoka kuti awane kufamba kure navo.

Vakabva vananga ziware riya rekuminda yaBadza. Vakapinda mavambo eziware ndokugura gwara renzira yaibva kumugwagwa webhazi. Masamba akabva amisa vana vasati vasvika pavainanga.

"Ngatichigarai pano!" Masamba akadaidzira, madzimai aiva mberi. Vakazoti vacherekedza zvaiva pamuti ndokubva vaswedera kuti vanatsoona. Vamwe vaiti kutarisa kuya vobva vatsikitsira vachiramba vakadaro. Madzimai mazhinji akabva aita zvekubata kumeso. Varume vakazuza misoro.

Rufu rwaiva rwashanyira mumwe murume nenzira isinganzwisisiki. Uyu murume aiva akaradzikwa pasi pemuti waiva uri panosangana ziware nedenhere. Paida mushingi chaiye kunocherekedza munhu iyeye nezvingadaro zvakatora nzvimbo chaizvo.

"Masamba!" NdiVaMasa vakadaro vachifamba nekudivi revarume kuti vanomira panenge pakati nepakati peboka rose. Kumeso kwavo kwaive kwava nehore yemakuti. Vakabva vati,

"Doinda hedu Masamba shuwa undotarira munhu uyu. Pamwe unganyasa kuonavo kuti zvii chaizvo zvingadaro zvakatora nzvimbo."

Masamba akasimuka zvake ndokunonowara akananga kumukubvu wemabasa makukutu. Zvekusvika pachitunha chaipo zvakamukona. Akazongovhinyuka ndokutsikitsira zvake achiri kwakadaro. Akacheukira kwaiva neruzhinji oti, "Ko zvaari Maisva! NdiMaisva chaiye uyu hama dzangu!"

Hapana kuzobuda chakanaka. Madzimai ndiwo akaita zvekuungudza achifambirana pamwe serwiyo. Mai Shuvai ndivo vakaita zvekusimuka ndokuchema vachidzana-dzana sekunge vairidzirwa kangoma. Mai vekwaJadhiya vakadzungaira vachikambaira paruware sechimombe chinotsvaka kurwa nedzimwe padhibha. Kana vari VaMakaita ndivo vakaita seuya akandwa zisaga rizere jecha.

Mamwe madzimai akakambaira achiuya kuzoumburuka pana VaMakaita. Kwakaita vamwe vaibva vasimuka kuti vaite zvekuzvipwatsira pahama yavo. Vamwe ndivo vakazoteka-teka VaMakaita kuti vanochemera chinhambwe kubva pachaunga, kure nemuti waiva watsamirwa nemurume wavo.

Mai Shuvai vakakatanura kwiriti yavo voipa murume wavo kuti avharidzire mushakabvu. Vakazosara vachiungudza vamwe vose rangove bviku-pfiku.

Mai Sungano vakamboita nguva huru vakashama muromo vachidzamisisa zvaiva zvatora nzvimbo pasi pemukubvu. Gwande reuchi vakariona. Kana riri nyatera remurume wavo vakaita kumbondera maziso avo kuricherekedza paya pedo nemushakabvu. Vakanzwa mudumbu mavo muchiita semopishinuka vachiona kuti nyaya yaiva yamira kuipa. Kuchema kwavo kwakabva kwauya ruri rungano rwakagachirwa nemamwe madzimai aiva mujinga mavo.

Vose vaiva zvavo vanatsa kunzwa kuchema kwemudzimai waDyiwa vakaripfuudzira kune vamwe muzevezeve. Panguva imweyo vazhinji vainyararidzana kuti vasatadziswa kunzwa firo dzaMaisva.

Nhai Dyiwa murume wangu!
Ndihwo uchi hwawaiti unozobura here?
Nhai mhai ndozvionerwa naniko?

Ndipo pamapedzera shungu dzenyu here baba vevana?
Ko kana iri mhosva aisaripa here nhai murume wangu?
Wakaona uchikodzera here kumira pachinzvimbo chaNyadenga?
Ndiwe here watova nesimba rekuraura vanhu vake?"
Inga Maisva waparadzwa hako-o!
Munhu wakanaka haararami!
Zvino unopabuda here, murume wangu?

Ndonogara munyika ipiko ini?
Nhai mhaiwe-e, kani!'

Nyaya yose yakanga zvino yachitsaukira Dyiwa. Mai Shuvai vakaita sevachafa neshungu. Vaitonzwa mwoyo wavo uchiti bhururuka unomhara mukadzi wenhunzvatunzva.

Sabhuku vakarwarira kwazvo kuratidza ukasha hwavo. Jere raitovanonokera nemutongo wakanaka pamhondi yakanga yaita mabasa. Kana varivo, nemashoko avo, vairwaririra kuona nharadada iyoyo iri pamuromo weshumba.

Pave paya, VaMasa vakazotaura vakateramisa inzwi ravo. "Nguva dzichiripo kudai, tinofanira kumira-mira. Iwe Mudonhi, ndiwe unoti sekuru kuna Maisva. Wochisarudza vamwe varume vashoma motungamira nemudzimai wemufi kumba kwacho nevamwe vake vari kumunyaradza. Kana mave ikoko monosunga ngoro modzoka pano. Zvimwewo zvingada kugadzirirwa semachira ekufukidzira, mobatsirwawo naiye mudzimai nevakuru vamunenge moshanda navo.

"Kana pane vangagona kusvika zasi uko kwadaidzirwa ngome, itai kuti shoko rerufu rwemumwe wedu risvike kwaMushaviri nematunhu ose emagariro matsva. Kuhama dzake dzekwaMushaviri kunofanira kuwana munhu anokasira neshoko. Shoko iri rinofanira kusvitswa kwese izvozvi vana vangu!

"Hapachina anofanira kuchema achiridza mhere kana tobva pano. Mari yose yawanikwa pamushakabvu uchaipuwa iwe Zanda usati wabva pano." VaMasa vakambomira kutaura vanhu vokanuka. Vakazobva voti, "Aiwa musavhunduka henyu. Kana yodikanwa mari iyoyo anotipa. Ndiko kwaangaenda kupi nematsomondo emushakabvu?"

VaMasa vakapfuurira nerairidzo dzavo, "Kuti zvichifambaka, vaya vandati mundotora chikochikari chiindai. Iwe ukangotsakatisa mari iyoyi unofa uchitakwa nemabwe saSitofiro."

"Handimbodaro baba." Zanda akadaro achinogachidzwa mari yemushakabvu yaiva naMasamba.

"Iko zvino!" VaMasa vakadaidzira zvekare ndokumbonyarara. Vakasimudza ruoko voti, "Vamwe vachakamirira kudzoka kwechikochikari, iwe Masamba chimbouya kuno, mose naJadhiya nevamwe varume vaviri."

Sabhuku vakatora Masamba, Jadhiya, Zanda nemumwe murume aiva anonoka kusimuka paye paziware. Uyu murume ainzi Kainos. Varume vakafamba naSabhuku chinhambwe chiduku kubva paruzhinji rwaiva rwomirizika. Masamba ndiye aiva ari mujinga maVaMasa. Vose vakazomira vakaita denderedzwa pamukuru wavo kuti vanzwe zvaiva mumusoro make.

"Nyaya yotoita pano ndeyekudai, imi varume. Motoona kuti masiya zvepano izvozvi. Ngatibveka tatoona kuti mhondi iyi yapinda pakamanikana. Kana akapinda mumaoko emapurisa ndinoona kuti dzakadai hadzinonoki kutongwa. Chandinoziva ndechekuti havazogari naye mujere kwemazuva asina kurembedzwa, kugurwa musoro chaiko, kana kupfekerwa nyere kuti atevere uyu waapfuudza."

"Ndizvozvo chaizvo baba." Jadhiya akabvumira mudenga. Masamba akangogutsurira musoro.

VaMasa vakabva vati, "Panofanira zvekare kuti pawane anoinda Dhengenya kumapurisa kunokwidza nyaya. Masamba ndiwe wotoinda izvozvi wonodzoka nawo mapurisa. Unonoti kwanzi hamusari. Vanofanira kuvirirwa vasvika pano. Kana vachizovata vachifamba ndizvozvo. Vanofanira kuvata vatora munhu wavo!"

Masamba akabva ati, "Ndisingazivi hangu mufambiro wandichaita kubva pano kuti ndinobata kuhofisi. Ndinoona sekuti bhasikoro harina kuzonamwa kubva rwendo rwuya rwamandituma kwaMatuvi. Kana uri mufambo uyu unotoda iri njinga isina hundonda pamugwagwa." Izvi akadaro achiona kuti arikandirwa zvekare bhora rinopisa.

VaMasa vakamboti kunun'unu. "Unorevesa, ehe, kuti bhasikoro rigere kunamwa Masamba iwe! Takazorambavozve toverengera nemutambo uyu!"

VaMasa vakakwenya pamhino ndokuti, "Rimwe zano ndere kuti iye Dyiwa wacho zvaanzi akatengerwa bhasikoro naticha wake iyeye, wonoona zvarakaita uwane kupinda muzhira. Rakadaro harina kana panoti tsviri."

"Zvakanakai baba." Masamba akadaro fungwa dzake dzichisvika pamuzinda wemapurisa kuDhengenya dzichidzoka mumusha mekare.

Masamba akaita sekutovhunduka VaMasa voti, "Chitoindai izvozvi kwaDyiwa. Ava vamwe vaunavo vanosara vachifanomubata, iwe uchitora runainai. Kana usina chitupa pauri wondotora kumba kwako wochimbidzika kufamba. Mufambo uyu hausi wekutamba nawo. Ndataura kuti jipi inofanira kuvirirwa yave kutodzokera naDyiwa."

Sabhuku vakambonyarara ndokucheuka votarisa paya pamuti. Vakabva vati, "Ini ndichaona matorerwe emushakabvu pano. Naicho chisanhu chiya chawanikwa pamunhu, tora iwe Zanda uchengete." Ipapo Jadhiya akada kuvabata muromo ndokubva vose vanongedzerwa nzira yekwaDyiwa. VaMasa vakabva vatsinzinyira meso ndokutaura vachigutsurira musoro, "Ane matomu ekutonga zvemusha uno ndini. Kana mazonotongwa nemusungwa inenge yava imwe nyaya mudariro. Kana uriwe Masamba haufaniri kunonyimwa bhasikoro. Anenge acharwei pariri iye munhu ave kunocheturwa musoro?"

Vana Masamba vakasiya sabhuku vodzokera pachita chaiva chogadzirira kubva pamuti wemabasa. Havo voinda kumba kwaDyiwa!

Nhasi handina kana chimwe chandakanda mumukanwa. Zvandirambira. Randakapedzisira nderiya rekwaDyiwa. Iye Dyiwa ave kudyiwa nenyaya yangu. Ndakabvuma kukakaradzirwa muchoto naMagocha. Mabasa andakabata zvino ave kupishanisa mufaro wangu. Kaya kamoto kamberevere kave kuita zvekupedza masango. Nemusha wangu wakomberedzwa nerutsva. Zvinoda kusvika neni kupi chaiko?

Basa rekunzi ndakutsvagira naMagocha, ndaramba, chero ririro zvaro randairwaririra. Kana huri ukama, tagura! Muripo wake, ndauramba! Handingabhadharwi kupfuudza Maisva ini! Mhosva naye handina! Kana upi zvake wandaizobata, ndanga ndisina mhosva naye. Mhosva naDyiwa zvakare handina! Ndiye akatouya nemwana wake kundivhura fungwa yemabasa ekusimudzira ini nemhuri yangu. Zvino ndave kunanaidzirwa mumambure ekusvibisa zita rinoti Dyiwa!

Icho chokwadi chagara chinototi chibude hacho pachena! Inguva chete! Ndichazoveiko ini kana zvabuda pachena? Ndichiri munhu here ini ipo pano? Hazvisizvo zvakaita munhu kudai! Zvangova zvekuti tichiona kuchawira tsvimbo nedohwe.

Asi nyangwe zvonditora kuti zvindinyudze, handizofi ndakabata kumeso sechana chegudo!

Ndiko kwakava kusvika kwenhume dzaVaMasa paya pamusha paDyiwa. Jadhiya ndiye aiva mberi. Masamba aifambira kumuswe weboka achiita kukwesvaira. Zvaimuremera kwazvo kufunga kuti aifambira kunotora bhasikoro raDyiwa achinzi anokwidza nyaya kumapurisa. Achizvidzamisisa, aibva anzwa kurovera mwoyo kudombo zvekuda kunotaura nyaya semuziviro wake chaiwo kubva pamavambo.

Kusvika kwavo pamba paDyiwa, Kusaziva yakahukura ichidzungaira kwazvo seyaitya kuswedera pavari. Pakupedzisira yakasvikopinda mugota maTichaona yaviga muswe. Mwana akabuda ari museve.

Paakaona marume mana mberi kwake, Tichaona akanzwa mabvi achiita kurera sederere. Kana pari pameso paJadhiya, paiva pane bvute. Maziso ake aiva asingatarisiki. Mumwoyo make, Tichaona akanzwa kunenge kunyevenuka achiona baba vaShuvai.

Ndivo vaya vaakadzingira imbwa madeko ichida kuvawaranyura! Ndivo vakafambira kuzopiwa basa naSungano madeko! Ndivo vakazogara pabhenji vakapwatsa mapfupa ejongwe! Paya pakuti asimudze ruwoko kuti agotanga naiye Masamba pakumhorosa vayeni vake achibata chishanu, mwana akabva angotanga kudedera.

Wedu Masamba tsinga dzaiva dzaita dandemutande kubva kumeso dzichipinda muvhudzi. Ziso racho raiita kunge museve unobaya uchibuda neseri. Mufungwa make, Tichaona akambofunga zvekare kuti pamwe zviya zvaihukura imbwa yavo madeko yaiona marume akadai akavandira baba vake mumakwenzi. Mufungwa dzake akaita kuona baba vaShuvai vachimira mumadziro vapedza kudya sadza. Akabva anzwa kuda kutiza, asi ndokubva afungisisa kuti baba vake vaizosara vega pamusha nevanhu vaifema mweya unopisa. Tichaona achiri mukati mechangatira, Jadhiya akauya ndokumuti nepamafudzi dzvi-i!

"Ukangozhamba chete, ndinokurovera pasi sebipwi. Tiudze kuna baba vako izvozvi!"

Tichaona akadzokera nendangariro paya pavakatevera Kusaziva ichivataridza paiva nababa vavo. Ndiko kwakava kunovawana vakati nyondo muvhu rinotonhora. Akakungura kuti dai mukoma wake Sungano aivapowo.

Chokwadi marume awa akanga atova madusvura asina kumbogara afarira kuona baba vake mumusha. Kuti ataure shoko rimwe, Tichaona aibva anzwa zibundu rekudumbirwa richimuvhara pahuro. Kuti acheme, aitya kwazvo kupwatsirwa pasi senyana renjiva raiva rarehwa. Imbwa yake yaingova mujinga make yakaviga muswe. Chayakangogona panguva iyoyo ndiko kumufembedza pakanga podzika mvura dzinopisa dzichiyerera nemakumbo. Misodzi yechikomana yakati mokoto.

Jadhiya akasairira Tichaona kwakadaro, ndokumutevera akaruma muromo wepasi. "Urege zvako kutongoti bufu usina zvawaitwa. Reva kuna baba vako! Usatiitira zvako zvekuzengaira!"

"Vari mumba, vakavata."

"Kuvatai kwaunoti kuvata iwo ano masikati adai? Horaiti! Komani! Chikasira kunozarura imba yacho yavari." Akadaro Jadhiya okotama kuti apete mudhebhe wake. Izvi aigadzirira kuzotandanisa Dyiwa paya pakubuda achivesera otiza. Aye machinda ake maviri aitarisisa kwazvo kana pane mhindu dzekutiza dzaidarowo dzichigadzirirwa naTichaona.

"Ndinofunga kuti zvandareva wazvinzwa!" Jadhiya akaomba akadzvokora mwana. Ipapo aiva ashandura gumbo rekupetera mudhebhe.

"Hapana kukiyiwa. Kana muchida indai munozarura mega." Tichaona akaramba akamira achitarisa varume vaye kumeso. Mwoyo wake waifa neshungu dzekushaya simba rekuenzana neravo.

"Iwe wazoomesa musoro nei ukadaro mwana mucheche? Chingoindaka unovhura imba yacho uriwe!" Jadhiya akadaro achingova ipo paya pekupeta mudhebhe akakotama.

"A-a! Madii kungoita izvozvo zvamafambira. Handisini ndinokubatsirai mabasa enyu!" Tichaona akadaro achinzwa shungu dzekukakashura magora aiva avinga baba vake.

Pamusha paDyiwa paiva nedzimba dzaisvika shanu. Dzose dzaiva dzakapfurirwa neuswa. Nhatu dzacho dzaiva dzedenderedzwa dzisina mipanda. Dzimwe mbiri ndidzo dzaiva nemakamuri maviri maviri. Kwakazotumwa Kainos achibva ananga pamukova weimba yavaiva vataridzwa naTichaona.

Kainos akafira iko kubata mukova. Kusaziva yakakanganwa zviya zvekuviga muswe ndokusvetukira munhu ichinomubata irworwo ruoko rwaiva pamukova. Yakazuza munhu wayo chinyararire marume ose achisuduruka. Jadhiya akabva anouvhomora mutswi waiva muberere remba yekubikira. Tichaona akazhamba achidaidza imbwa yake. Aiva otyira kuti ingazhakwa. Kana vari baba vake akabva avanzwira mudumbu kurira.

Kusaziva haina kugara yaregedza rwuya ruoko ichingoruzuza yakanyarara. Kainos akada kunoibata pahuro ndokubva yawedzerawo mhindu dzayo dzekukunda. Hapana akanatsoona kuwisirana pasi kwakaita zvikara pakare pamukova. Zvakachitanga kubvumburudzana.

Jadhiya akaswederera paya paibvumburudzanwa akabata mutswi wake. Kuti atekeshe imbwa, akatya kuzobatanidzira nehama yake. Akakandira mutswi kwakadaro ndokuuya ave mutambi wenhabvu. Pekutanga akasangana neruwoko rwaKainos rwaisimudzwa mudenga pakudziva imbwa. Pakaita kurira, ruoko neshangu zvichikwazisana. Kainos akaridza mhere.

Jadhiya akaita gadziro dzake ndokudzoka zvekare neshangu achida kuparadza musoro wembwa. Parwendo runo, Kusaziva yakanga yaverenga mhandu dzayo zvekuti yakangoti zvayo kwadada shangu yaJadhiya yosvika. Murume akakava madziro zvakanosvika kutsi kwaiva naDyiwa mukati memba. Ndipo pakabva paregedzwawo wedu Kainos ruoko rwangove marengenya.

Imbwa yakatizira kwaiva naTichaona ichihukura sezviya zvamadeko.

Tichaona akasimbirira pakufunga kuti vanhu ava ndivo chete vaihukurwa vachiyengerera pamusha manheru. Akanomira kwakadero nembwa yake achiona zvaitora nzvimbo. Aiva akateyawo kubereka tsoka pakuswedera kwemadusvura.

"Mune munhu here mumba umu?"

"Munhu wekuita sei? Chii chakupa kuzoita mheremhere pamusha pangu iwe Jadhiya iwe? Unodei pano?"

"Huyai varume, arimo!" Jadhiya akadaidzira achikwasva mhepo neruoko kuri kuratidza vana Zanda kuti vauye nekuchimbidzika. Akabva ataura akadzvokora chibato chegonhi. "Zarura ubudemo nokukasika. Hatina nguva yekutambisa. Ukangodya manonoko chiziva kuti pako papera?"

"Aa! He-e! He-e e! VanaJadhiya, shuwa!? Mava kuda kutotongawo pano paDyiwa nhai? Sika sika nemupini usina sanhu! Ndichati ndobuda zvangu kana ndanaya! Zva…" Mukova wakavhazurwa naJadhiya uchibva wati bherengende.

Kamuri rekutanga ndiro raiva naDyiwa. Murume akabva ayanikwa pamhene.

Pairatidza sekuti zvaiva zvisina kumira zvakanaka. Dyiwa aiva achiedza kutsvaga kuunganidza machira, mitsago nepamwe pekuzembera agere parupasa. Wedu Zanda akambodududza aona ropa raiva rakaomerera pana Dyiwa kumakumbo uku.

Dyiwa akawetsa meso achiedza kucherekedza vayeni vake.

Jadhiya akabatanidza nhoroondo dzefiro yaMaisva akatarisana nedusvura rainzi Dyiwa. Akabva atambura kutaura nekuti aida kuruma muromo panguva imweyo. "Chibuda hako imomo hama yangu. Kana uchida zvakanaka usamboidza zvako kutiza. Ende ndiwe ungafa uchikurukura. Zvakangonakawo kuti kana wonoritemura kuMuti Murefu ungoinda zvako usiri mapisi mapisi."

Pamuromo pewedu Masamba pakanga paita futa rembudzi. Aishaya kuti ozvireva sei kuti bhasikoro remunhu ritorwe nekukasika. Jadhiya ndiye akapinda mukamuri remberi maakanoriwana ndokubuda achiritseketudza. Rakanga richakamonwa zvaro mitanda nemapepa.

"Woindepi nebhasikoro rangu nhaiwe, shuwa? Ibvai pano kana musingazivi zvamafambira. Kuno munozouya kana marongeka, pasina anouya kuzoita zvebope kana zvebambe."

Ainzikwa nani Dyiwa? Bhasikoro rakabudiswa rikagachirwa naZanda aiva amire pamukova. Wedu Kainos aiva ari mukushavashira achidambura marengenya aKusaziva pamaoko ake. Irwo ruwoko rwekukaviwa rwaiva rwaita kufutunuka zvekuda kuzadza hembe, ruchibanda.

Masamba aiva asingagoni zvachose kuuya nechekumukova kuti atarisane naDyiwa. Mumwoyo make akazviudza kuti haangasviki paDhengenya akadzoka kuzorimonerwa namai Shuvai.

"Bhasikoro rangu ndiro raita seiko nhai vanhu imi? Mauyawo here kuzondishura masikati machena nhai nhai? Horayiti, chindidaidziraivo Ticha andivigire mvura yekumwa."

Marume haana kugara anzwa zvichemo zvaDyiwa.

"Nhai, nhai varume! Ticha iwe, usarega bhasikoro rangu richitorwa! Uripiko Tichaona?" Dyiwa akadaro achiedza kuti asimuke. Akadzimbikana achipererera pakungotarisa gumbo rake azere nechishuwo chekugona kusimuka. Akatsvaga munhu angamununura pasi pezuva, ndokumushaya. Akazoibudisa misodzi achiona Masamba pavanhu vaiva vauya kuzomubvutirana.

Kana ari Tichaona haana zvaakanga achagonawo kuita nembwa yake. Ainzwa baba vachidaidzira. Akangobata Kusaziva misodzi ichiyerera, baba vake vachipinda parumananzombe.

Wedu Masamba akati ayeva bhasikoro nekuricherekedza ndokubva arisesedza achibuda mumusha maDyiwa. Tichaona akazozhamba akabata gotsi. Naiyo Kusaziva yakashaya chekuita.

Masamba akanomira kwakadaro achitanhaura mapepa aiva akaputira mitanda yebhasikoro achinzwa kunhuhwirira kwaro. Akaritarisa ndokuwana richigachira mushana nekuudzosera kwekare. Nembombi yaro yairambawo kusaririra, ichipenya kwazvo ichitevedzera muviri wose webhasikoro. Hoyo Masamba ototefenyedza mavhiri ebhasikoro kutsvaga kunzwa mweya nekugwinya kwawo! Hoyo atoritanyangira bhasikoro remuridzi!

Haana kuzomirira kuona zvaitora nzvimbo paDyiwa. Mhere yaibva nepamusha paMaisva yakasvika kwaari ndokungoifuratira. Ipapo akange oriritira bhasikoro pakudya mitunhu mumugwagwa wekubuda muGandahari.

Rakanga rotorereka zvaro rechando mukuvamba kwakaita Masamba rwendo rwekuDhengenya. Makore aye akanga arongedzana mumupendero wedenga ndokusiya rumhepo ruchifeturira mumushana.

Bhasikoro raDyiwa raiva richibvuma mugwagwa zvekuti waitoti hakuna rimwe ringamhanya zvakadaro pasi pezuva. Kana rwuri ruhembe rwaMasamba rwaiva rwapomberwa mhepo zvekuti kumusana kwaiva kwafuta sekwechiya chinjororo chegurwe.

Mugwagwa wakambotarisa divi raipa kuti Masamba afuratire zuva. Izvi zvaibva zvaita kunge aifiririra kutsika musoro wemumvuri wake nebhasikoro. Akambovarairwa zvake nekudzingirira mumvuri wake achiritsokodzera bhasikoro. Kana riri dikita raingochuchuma risina anofunga nezvaro. Nemuya mudumbu maiva musina chambokandwa makashaya mukana wekuyeudzira vatenzi. Kana iyo nyaya yose yechifambirwa yaipota ichishaya mukana wekuzeyiwa mufungwa dzaMasamba. Aingoshingirira kuvesera bhasikoro kuti rimedze mitunhu nhambo dzisati dzamedzana. Akazonyevenuka pakubata materu ekunopinda murwizi rwaiganhura Gandahari nemaruwa eNhamande.

Hama yedu yakazofira iko kupota ichiyeverwa nemumvuri wayo pakufambisa runainai. Kwakazongova kutevera mumvuri kamwe iwo mugwagwa wafunga zvawo kunzvenga zimuwuyu repakati pechakasara. Takazongopepuka bhasikoro ratochezura rutivi rwemuti mukuru. Iye murume aiva agwadamira zidombo rainge guyo.

Kudonha kwese kwakaitika muchinhambo chisina shumo zvekuti hapana aigona kufungira mabasa makuru pamunhu kana pabhasikoro. Kana pane shiri ingadaro yakaona Masamba achidonha nebhasikoro zvimwe ingadai yakatsvaga kubata muromo kuti irege kuseka pakati pedondo.

Pachinguva chiduku charakakonewa kukwira muwuyu, bhasikoro rakatsamwa zvekusiya ramenya rutivi rwehunde yawo. Kana ari Masamba, rakanga ratofunga zvaro kumuturika mumuti wekare. Iye zvake ndiye asina kugara afunga zvekutsvaga pekubatira ikoko kuuzuru kwaakanga akandwa. Zvakazoteverana zvichidzika nemuti kusvika paya pamutsindo wakabhururusa hoto nemazhokozha mumatenhere.

Hama yedu ndiyo yakasara iri mhenyu pazviviri zvakadonha. Murume akati achidzidziuka ndokuyeuka basa raiva mberi kwake. Mutunhu waiva uchiripo kuti asvike kuDhengenya. Akadzedzewara kutsvaga bhasikoro pasi pemuti. Zvakati zvawanana murume mukuru akati otambura kutsvaga divi chairo rekusesedza bhasikoro naro. Kwakava kuswerosvinyanga kwabenyumundiro achizvionera ega kuti muto wagwamba. Kana dziri mombe dzakasungwa, ipapo dzinenge dzonzi dzaita magona.

Bhasikoro rakangoramba rinyerere zvaro richiteya kuzonzwa zvaitevera nababa Shuvai. Parakabatwa mutanda, rakaita zvaro serawedzera kutonhora nekukokonyara. Parakataridzwa mugwagwa ndipo parakatanga kufumura zviga zvaraiva raviga nekuda kwerwendo. Mitezo yaro mizhinji yaiva yakombama. Mavhiri ose aiva asisatendereri. Kana riri rekumashure rakanga rabudisa chubhu kuita zidama naipapo payaiva yaritsamwira. Chimwe chitiviri chaiva chatasanuka.

Masamba akakotama kuti adzosere chitiviri chebhasikoro rababa Sungano panzvimbo ndokuguma agwadama nekupera simba. Simbi yekutasanuka yakabva yaguduka, chitiviri chichibva chasara muruoko rwake. Zidama riya rechubhu rakabva ratushuka richirira sepfuti. Akabva aona zvizhinji kwazvo zvaiva zvaita manyama amire nerongo pabhasikoro remuridzi. Kana mbombi iya haana kuziva kwayakanga yawira.

Murume akatanga kunzwa iri nyota pahuro ndokuyeuka zvekare kuti hapana chaaiva akanda mumukanwa kubva pakumuka. Akanzwa muhapwa nemuhuro kunamira kweriya dikita raiva rambochucha pakuvhetemesa runainai rwaDyiwa. Mukanwa make makamuyeudzirawo rumwe rwendo rwaakanga adya nyama mbishi achivhiya mombe. Paakafambisa rurimi nepamusoro pemazino akanzwa marengenya eganda rake. Akazopedza materu ekupinda muna Chimwamombe atakura bhasikoro.

Masamba akaradzika bhasikoro pabhiriji ndokukwakukira rutivi rwaienda rwizi kuti atsvake paangatonona. Ibvi riya rekugwadama guyo rakataura karungano kadiki zvako. Murume akafuratira zambuko ndokudzika zvishoma nerwizi kuti atsvage pedonhodzo nemvura yaiyerera.

Paakati anyike ruoko mumvura, Masamba akanzwa kutinhira kwemotokari diki kwaibva nedivi reGandahari. Akadzokera kubhasikoro raaiva asiya rakavhara mugwagwa. Iya motokari yaiva yakabaiwa zvekuti mutyairi akaita mashiripiti nemaziviro ake kuti adzivirire kututa Masamba nebhasikoro rake.

"Mashura eyi andinoona pano pakati pesango nhai Masamba?"

Masamba akatarisisa mota iya ndokubva aita souya anorota achisangana naMagocha. Hapana kana raakagona kubudisa achiedza kuronda zvaitora nzvimbo parwendo rwake.

"Uri kutsvagei kuno chaizvo Masamba?"

"Zviri kurevei zvandiri kuona pano? Chiiko chiri kumboitika?" Masamba akadudza mashoko achitoti zvake yaingova fungwa yaiva mumusoro make.

"Izvi zvinoreva kuti tasangana rwechipiri pazuva ranhasi. Asi ndikakutarisisa ndiri kuona kuti mwoyo wako uri kushungurudzika. Wakaneta, ende uri kutoziya zvako. Ndichitarisa muromo wako ndinoona wakatozvimba zvawo. Zvaitika ndiwe unozviziva. Mumwe angatoti pane munhu wawarwisana naye. Uri kutsvakei chaizvo pakati pesango pano Masamba? Uri kubvepi? Uri kuinda kupi?"

"Chingondirega hako ndakadaro." Masamba akatanga kudzikisa misodzi achikakaradzira bhasikoro muzasi mezambuko kuti Magocha apfuure zvake. "Ndisiye ndakadaro. Iwe enderera nerwendo rwako ini ndichiita zvanguwo."

Magocha akabudisa kamuridzo nepakati pemazino ndokubuda mumotokari achiwedzera kunan'anidza Masamba nebhasikoro. Akaona kuti chimiro chebhasikoro chakanga chisisina kunaka. Akaita sekuti haana chaaona ndokuisa zvake maoko ake muhomwe. "Hongu tangosangana pakati penzira hama yangu. Hapana ari kutevera mumwe... Asika, handisati ndamborasika pakuziva kuti uri kushungurudzika kana kuti unoda rubatsiro."

"Ndakuudza mangwanani kuti tagura ukama huye handichina kana chinhu chimwe chekuita newe muupenyu hwangu. Zvese izvi zvakonzerwa newe! Zvino iko zvino ndabva ndakuona zvekare. Uchiri kudei kwandiri?"

Magocha akanyika ruoko rwake mumota nepahwindo ndokubva yanyarara kutinhira. Akanyukura makii achibva anogara nechokumhino kwemota oraura kekubvisisa nzwara. Akatoita zvake seaiyeva rwizi nedivi rarwaibva achifuratira Masamba zvemaune. Ipapo aitoita kunge airwa nekukwesha zvigutsa zvenzwara dzake.

Masamba akabva adzokera kuya kwaakanga ati anotsvaga kumwa mvura. Akamedza huro dzinoravika ndokuzvishambidza kumeso nemuhuro. Achibva ikoko, akawana Magocha akamumirira pazambuko- nechepamusoro pebhasikoro. Masamba aitoita zvekuonera Magocha mudenga kubva muya muzasi mezambuko.

Magocha akaisa maoko ake muhomwe ndokutarisa Masamba kubva pauzuru ipapo. Varume vakambomira zvavo pasina anotaura nemumwe. Magocha airemerwa nekupfuurira nerwendo rwake asingazivi chaitora nzvimbo kuna Masamba mukati mesango. Ndizvo zvekuzongonzwa kwonzi pane munhu azvikanda mudziva kana kuzvirembedza negavi! Icho chazozvimbisa muromo nekuminamisa bhasikoro, zvimwe munhu anenge ati ndozvigadzirira tsaona pamapiripiti emugwagwa!

"Masamba wandinoziva haisi mbwende!"

"Izvozvo handiudzirwi nemunhu."

"Ko, kuzofuratira nyaya iri mudariro uchizozvibonderesa muno murwizi kunobva payi?"

"Tese hatisi mumusha. Yako inongova nyaya yekuti hausati wakudubukawo."

"Saka chinyatsondiudza Masamba! Uri kuenda kupi? Uri kubvepi? Chii chiri kutora nzvimbo?"

"Chii chinokupa kufunga kuti ndiwe wega unogona kuvhunza mumwe zviri kutora nzvimbo pauviri hwedu? Ini sei ndisinawo kuti uri kuvhetemesa mota yako kutiza nyaya iri mudariro? Wakajaidzwa! Zvese zvichapera! Zvino wauri kuti gwara ndiye ari kutoenda kumapurisa kunopira nyaya yose sekuitika kwayo. Tose tichazoona zvinotevera."

"Enda hako. Asi dai wanga uchiita zvemapurisa chaiwo ungadai wachiuyaka takupa *number* dzavo isu. Ndaikupa kana *phone* yacho wonokwira Rukungubge uchitsvaka masaisai voswera vave muGandahari. Kana uchida *number* dzavo vese veDhengenya, Mutora, Bhuruwayo kana Harare yacho tinokupa isu tinodya navo."

Masamba akanzwa miromo yake kuoma ndokutombofunga kuti yoda kubvaruka.

Magocha akakwenya kamhino kake zvenhema achiwedzera huni pamusoro pemunhu wake, "Kana wanga uchida chaizvo kuita zvekuperekedza shoko rako, waichibva wauyaka kuti titakurane pane kuita zvebhasikoro. Zvino iko zvino kana kuri kusvika pavari, ndiko kuvirawo kwaro zuva. Nairo bhasikoro razodai kuparara, maziviro angu, kwaMasamba ranga risati raveko. Dzinoita nyaya ngani pamunhu mumwe?"

Masamba akananzvira miromo yake mumushana wechando. Akanzwa kurwadza kuya nechomukati, pasi pemhino. Akaedza kutsvaga nerurimi kana pasina zino raiva rozununguka.

"Iwe uri shamwari yangu. Hama yangu chaiyo! Kutsva kwendebvu ngatirambe tichidzimurana Masamba. Mazano chaiwo kana newe wave kutoona kuti haatengeswi wakamira muna Chimwamombe kudaro. Wanga uchidei kuno kwese uku uchisiya ini pachitoro? Kungoshaina chete kuti ndini masamba acho, kana ndisipo hapana tii!"

Masamba akachibva atanga kuvaviwa zvekubva ada kutsvaga pekubuda napo muzasi imomo kuti avinge Magocha.

"Chokwadi chikasarwadza ndidzo dzinonzi nhema dzinofura bundo. Kana basa chairo ndanga ndakutsvagirawo wani kuvanhu vakauya paMagocha Business Centre apo. Kana nhasi ndaigona kubva ndati vakubatsire zvekare. Kana varivo zvavo vane zviovha zvavo zvinogara nemwoto ne*network* wofonera zvako dondo rako. Ipo pano ndotokuudza izvozvi kuti mapurisa ako ekuDhengenya haana mota kana bhiro yekunyoresa zvayo. Kana ukanzi pfuura nenyaya yako Rutenga usiku huno unoindepi ukasadamburwa nengwindi dzemuChamayellow? O-o, baba vangu imi…"

"Zvese izvozvo zvichapera kuti hwaa nemanyawi iwayo. Hapana waunomboshainira. Chinobhururuka chinomhara!"

"Chinomhara hongu, asi chinomhara chambofefeterwa kumanhengatenga. Zvino ini kana ndofefeterwa hazvisi zvepamusoro peRukungubge panogumira makunguwo amunoona. Ini ndinobhururukira muchadenga chaimo, nepamusoro pemakore shamwari." Magocha akasimudza maoko ake achiratidza Masamba kubhururuka kwake.

Masamba akaita kapfuti kemumwoyo achifungisisa Magocha pakubhururukira kumanhengatenga. Aibva ada kuita wekutatsura manhenga achimuonera mushungu idzodzo varipo pazambuko raChimwamombe.

Magocha haana zvaaiziva mundangariro dzaMasamba. Akabva audira zvekare mwando wekuuzuru kwake ikoko. "Ndinotoona zvangu kuti unokanganwa kuti ndini ani pamutunhu uno wese. Hauchatozivi kuti ndakabvepi. Kana mupindiro wangu mumagariro matsva watokanganwa-*so!* Kukoshiwa zvako! Ainzi Chimedza kuhondo ndiyani? Handiti ndini! Zvino kumedza kwacho wakazoona kuchipera papi? Handiti ndiri kungomedza? Ndiniwo here ndichadzipwa neganda remhuru kana wakazvitarira?"

"Chero ukasadzipwa zvako neremvuu chaiyo, chidya ukore nekumusana! Chero ndoipa hangu, handina kumboziva kuti kune munhu angatokokera vanhu mukupemberera nhamo dzevamwe pasi pezuva. Zvose zvaunodada nazvo zvatopera ndikutaurire. Newe hausisipo, pako pakuperera."

"Dai bhasikoro ranga risiri pakati pemugwagwa ndisina kana kumbokuonawo zvangu. Uchitofunga kuti pangu papera, pandiri pano ndiri kutoti *'Good Morning'* zvandanga ndakamirira. Sei iwe hama yangu uchimhanya uchidzokera kumashure? Ndiri kupasvika paRutenga izvozvi naiyo pasuru yawandisiira mangwanani. Vakuru vandinoshanda navo vakatondimirira izvozvi kuti tifambise chirongwa ruvhunzavaeni rwanhasi. Mangwana chaiye kuchiedza ndinenge ndatova mumwewo munhu. Gandahari yose muchaiti Magocha."

Masamba paakanzwa zvepasuru akaita kunge aona Maisva kuti pesere paya pamota yaMagocha. Akabva ashaya chairo rairingana nekudinginda kwehama yake. Kana simba chairo mumapfupa rakaita kunge rabvutwa.

Magocha akapinda mumotokari ndokuidinhura achipfuurira norwendo rwake.

Mukati medondo rodziva mipendero yeGonarezhou maipfakanyika upenyu hwaityisa kuronda. Ndimo maigara vakuru vainzi Gonese. Makanga muri mudondo chaimo musina aigona kunzi houno muvakidzani waGonese.

Kana zvichinzi pakati pechakasara, waibva wanzwisisa wega kuti chinowanikwa pakadaro ndechiya chakangozosarawo chisina kuonekwa nezhou dzacho, shumba kana zvimwe zvikara zvesango. Mimwe miti ndiyo yaingokwegura ichioma pasina akoromora kana rukuni rumwe zvarwo. Maware nemakomo enzvimbo iyi aiva akatsvukuruka zvichiita kunge ane ngura.

Hamenowo iyeye akatanga kuziva nezvaGonese akaparura kamugwagwa kaingova nyora mbiri dzemavhiri ainzvenga matenhere, miwuyu nemamwe mazimiti kuti kasvike pachivavarirwa!

Mumba maGonese zvaingova zvimukuyu zvoga. Kaiva kaimba kedenderedzwa kawaikaropinda uchikambaira. Kaimba aka kaiva kakavakwa nemapango akazonamwa nedhaka rechinamwe raicherwa muzvuru zveseri kwematenhere kwaiva nedekete. Pamusoro pekamba ikako paiva pakapfurirwa nezibepa rakange zvino ratsvuka chin'ai. Pachirubu chaipo ndipo paiva nedehwe raiita kunge renyati kana ngongoni.

Munguva dzemasikati chiutsi chaigona kuonekwa nepamusoro pemiti. Kana usiri kure waigona kunzwa hanga, hovo, mbira nezvimwe zvipukanana zvaidero kugochwa pamusasa paGonese.

Pamusha uno pakanga pasina danga remombe, kana chirugu chembudzi, kana huku zvayo. Kunyangwe zvakadaro, vamwe vaiti wedu Gonese aiva nekachogwe kaaigara nako achipota achikabudisa pane zvimwe zvikamu zvekufambisa basa rake.

Pamuzinda waGonese hapana pwere yaionekwa ichidauka kana kunzikwa ichiseka kana kuchemera kukandwa kumusana. Kana kune vana vaizowanikwa pamusha uyu, hameno kuti vaizopinda chikoro chepi.

Kana kunaani aingozvifambira hake munzvimbo iyi, aigona kusangana nenjiri dzinotsvaga makonye pasi pemiti nefararira revana vadzo. Pano nepano waigona kunzwa gudo richipaumba zvaidavirirwa nemaungira kumawere. Kana ari matendera nedzimwe shiri dzepakati pedondo, waingonzwa kuti ndiwe wega munhu mukati mechakasara.

Zvaizoti ukanzwa kurira kwemakava nemapere risati rapinda muna mai varo woita seucharira mudumbu ukapurura manyoka. Neshumba chaidzo dzaipota dzichigura nemumutunhu waGonese. Mamwe mazuva waigona kuona bimha kana nhoro pakupumhuka zvichibva nedivi remakomo. Zvaizovata zvichirira pakati peusiku zvaizikanwa naiye Gonese, chimwe nechimwe nenzwi racho.

Gonese aiva nemaziviro ake ekudzivirira muzinda wake kumhandu dzorudzi rupi nerupi. Pamwewo zvikara zvesango zvaitoshayawo hazvo chekuvinga pekare paGonese. Kana dai shumba chaiyo yaimushanyira yaizoshaya chaipo pekubata napo zvekusvika pakungodzungudza musoro yopfuurira norwendo rwayo.

Wedu Gonese dzaingova tsinga dzoga muviri wose. Kana riri vhudzi raitoita serinotanhauka rega. Kano katumbu ndiko kaigara kakati svapata. Paya pakukosora kana kuhotsira, waikaroshaya kuti kuchasarei. Mumwe musi waigona kutofunga kuti zvuma zvake nemazango zvaimuremera.

Nhumbi pamuviri waGonese ndiwo mudhebhe norujuzi zvakanga zvisingabviswi. Hameno kana taimbopotawo tichigeza zvisiri zvekubatwa nemvura yemubvumbi tichichera midzi! Kana uri pana Gonese, mweya waitendererapo ndewedondo. Achipfuura nepaboka rezvidembo, zvaikaromuti maswera sei mukoma.

Kwakanga kwabva naGonese chaiko hakuna ainyatsokuziva. Hameno chaiye akanga atanga kuziva nezvake kana ugaro hwake imomo mukati mesango! Kanzira kaisvika kudumba rake kaibuda mumugwagwa unobva paRutenga uchidzika kuChikombedzi. Pakunogara kwaro miti richipinda muna mai varo, kamugwagwa kekwaGonese kaibva kapfakanyika. Mizvambara yedzimotokari yaitsegaira kutsvaga utsiko yakananga ikoko. Dzimwe dzacho dzainyiminya sedzakazorwa mafuta. Dzimwe dzacho ndedziya dzekufamba dzakabereka mavhiri adzo muzvimbereko kumusana.

Kana ari wedu Magocha aikarobuda mwoyo achiona motokari dzevamwe mumudungwe wekwaGonese. Aitsvagawo kwazvo kuti afambirane nevazhinji vaaisangana navo munzendo dzake. Ikoko ndiko kwavainodzimisa dzakarunda denhere riya rekudziva kudekete. Paya paunofunga kuti ndichashandirwa kana pamurirakamwe ndipo pawaishama kunzwa kuti vazhinji vaifambira kuzopa kutenda kwoga pasisina zvekutsvaga rubatsiro.

Magocha aibva anzwa kuzvipira kuita chose chaizomuswededza pazvishuwo zvemwoyo wake. Mimwe mikonyora yaaisangana nayo ndeiya yaaiziva ichitonga pamigwagwa nemabhazi ekuwanda. Vamwe ndivo vaya vaikurumbira nezvitoro zvekukura nekutekeshera matunhu nematunhu. Vamwewo ndivo vaigara vangoviga zviso zvavo kuti vasazikanwa pakusvika kwavo paGonese. Zevezeve raizobuda pakawanda ndiro raiti vamwe vaiuya ndevaya vaiva pakutsvaga zvinzvimbo nekufarirwa mumapoka avaiswera nawo. Vamwe ndivo vainzi vaitova nekereke dzavo dzavaifambira kuno kwaGonese kuzotsvaka kuunganirwa.

KwaGonese kwaibudawo mhando nemhando dzemafuta-kana mapfupa chaiwo. Zvichitaurwa nevamwe, kwainzi mafuta eshumba ndiwo aibva aita kuti kana munhu achitungamirira vamwe abve atyisa zvekushaya anopikisa kana kusimudza muromo achivhunza.

Mashiripiti aGonese nezvipuka zvesango aibva angoita sekuti mhuka imwe neimwe yaiva nechayo mukurarama kwevamwe vanhu. Mhuka yakaita sembira yainzi inoita mukadzi wayo kana murume mumwe. Mapoka ekutsvaga kudiwa sembira aiwanikwawo achisenerera mudumba maGonese.

Vamwe vemhando yaMagocha ndivo vaiuya vopiwa mitezo yegudo. Ava ndivo vaiva vakaudzwa kuti gudo rinoziva kumba kwaro chero kuchinaya yemubvumbi. Kwaibva kwanzi kana ukatambawo nemitezo yegudo fuma yako inobva yaziva nzira, zvekuzovata yave mumba chaimo misi yose.

Kana ari mapfupa eshiri iya inonzi gora ndiwo aibva anzi anopa munhu kunyumwa. Vaya vanenge vachitsvagwa kana kugara vakabatira hana mumaoko vanonzi vaingopferenyurirwa tupfupa twepamupimbira wegora voisa muvhudzi kana muhomwe zvamo. Kunonzi vaizopota vachinyeverwa kuti vachibva panzvimbo kana kuti vatsaukire mudondo kana vosangana nemhandu dzavo.

Vamwe ndivo vainzi vaiwaniswa mapfupa ekuvaratidza kana kuvarotesa pane mari kana zvipi zvavanenge vachitsvaga. Kaya kachongwe kaitaurwa nezvaGonese kanonzi kaizopota kachibudisirwa vamwe kokandirwa shanga dzemhunga. Kainzi kakanhonga shanga nomwe kana ngani zvadzo wobva watoziva makore aunenge wasara nawo pasi pezuva uchirarama nezvose zvinohutira mwoyo wako.

Kwaitaurwawo zvemakwenzi ekuti waibva watoshaya muti usina basa rinofambisa zvinhu. Vamwe vemabasa anotyisa ndivo vaiuya kuzogukuchira gachichi raiita zvinorova mukuhwaira kweziso. Kune vamwewo vaibva vatouya nemifananidzo yevanhu vavo. Zvainzi waibuda mudumba maGonese wotoziva kuti munhu wawafambira kuzopfuudza hakusisina.

Hama yedu yekubva Gandahari yakanga isina zvegwenzi kana mhuka pakushandidzana kwayo naGonese. Magocha akanga asarudza kushandisa vanhu chaivo mumabasa ake. Rwendo runo akanga afambira kuzopfuudzirwa makwara ake nezvaidikanwa pamunhu kuti bhizimusi nemamwe mabasa ake zvifambe. Nhava yake yaitova nezviya zvaakanga asiirwa naMasamba mangwanani.

Pakakwana nguva yekupinda kwake mudariro naGonese, Magocha ainzwa kutakwaira netariro yekushanduka kwezvinhu paupenyu hwake. Gandahari yose yaifanira kudengenyeka ichinzwa panoti Magocha. Kana chikoro chainzi Masa chaifanira kuzoshandurwa zita pasina nguva huru. Kana zviri zvinzvimbo zvekumirira vanhu zvaifanira kuzongomutevera agere kumba kwake. Chitoro chake chaifanira kunge chave chikuru kwazvo pakuzosvika kwemagetsi muGandahari. Aidawo kuti agoita motokari dzakawanda zvekumupusisa kusarudza yaanenge achida kufamba nayo nhambo imwe neimwe zvayo yaanenge afunga kumbobva pamukova. Aiti kufunga imwe mhando yemotokari obva anzwa zvichiita sezvomunonokera.

Pakusenerera achibuda mumba maGonese, Magocha akanzwa hana yake ichitakwairira kuzomuka mumba make chifumi achiona zvitsva neshanduko huru mumagariro ake. Zvese zvaifanira kufamba nemo chaimo sekurehwa kwazvo naGonese.

Chekutya chaicho pakanga pasina. Hameno zvavo vana Masamba vaiva nehana zvivhundukamapete. Kana kuri kuvharira zvibingaidzo, Gonese akanga aita sekuziva kwake. Naiye Magocha aibva anzwa kuda kutsvikidzira kamuswe kasipo. Kana chinonzi ngozi, baba vaTafuma vakanga vabatiswa kamutsipiko kainzi ndiko kaivhara zvese. Hapana aizogona kuvhundunyura firo yemunhu akaiwana ichiti Magocha.

Magocha akamimina mafuta pakati pesango odzokera kwekare kuGandahari.

Wotonzwa kuti munhu anorega chigayo chake kana kombi ichinzi inochema kamwana kachiti 'chimbondizhoyojai' isu tina Gonese kuno uku. Tikanzwa kuti kwaputika rimwe goridhe kana ngoda hatiuyiko. Kuno tina Gonese - mazvigonesa anongoshanyirwa nevanouya kuzotenda bedzi kushanda kwezvinhu. Hakuna godobori akadaro! Gonese chete nyika yose zvayo!

Magocha akapinyura magiya emota yake zvekuti kutenda kwake kwaimuti chero okudubuka aingobuda asina kana chironda. Zvakadaro hazvo, akasonera ziso rake pamugwagwa achidokwairira kunonzwa paiva pasvika nyaya yerufu rwaMaisva.

Akati ovavarira kunopedza ruwa rweNhamande ndokushama n'ai achicheukira mabvazuva kuti atsvage kubuda kwemwedzi. Mwedzi kwakanga kusina. Akambodzisa zvake hwindo kuti arohwe nemhepo yekudzinga hope. Ipapo ndipo paakanzwa kuchetura kwechando zvekuti akabva akwidza hwindo riya kuridzorera pekare. Mhindo yaakaona yaitaura zvemakore aye matema ekubatana segudza. Kana kuri kudonhera zvawo pasi, makore iwayo aibva angofukidza nyika yose musi iwoyo.

Magocha akati opinda mumugwagwa wekubva Nhamande ndokuona magetsi emotokari yaiva yakamira padivi pemugwagwa. Akangonanaidza yake zvishoma achidzikamisa mwenje wake kuti aone zvaitora nzvimbo. Akapfuurira zvake asina kuona kuti motokari yaiva yerudzii kana kucherekedza zvayaiva yakamirira padondo usiku. Akakuvanidza magiya achifuratira matunhu eNhamande ogadzirira kudya masango ekunobata Gandahari.

Magocha akati otenuka kupinda murwizi Chimwamombe ndokuchiyeuka kumira kwaakanga amboita naMasamba munguva dziya dzemasikati. Akasvika parwizi mwenje wemota yake uchibva wamhara pabhasikoro raiva pakati pezambuko.

Mhindo yakanga iriko yaiva ichimedza munhu. Zvairatidzawo kuti chero mwedzi waizobuda zvawo, kwaisazova nechakanaka. Murwizi maiva nechando chaipota chichifuridza mhepo dzemhando yose pakuyeuchidza Masamba wedu kuti hauna bhachi.

Masamba aiziva kwazvo kuti mugwagwa weGandahari wakanga usati wanyanya kujairirwa. Vedzimotokari vakanga vachiri vashoma kwazvo pakuushandisa. Kana riri bhazi ndiro riya remazuva anoverengeka.

Kutarisa zasi kwezambuko murima waingoona zvitaitai. Kana kuri nechekumusoro kwaipota kuchiita chadzera chezvitaitai chaibudikira pakuvhenekera mumadziva. Kwakazobva kwaita zimwenje raivavaidzwa mumakore richimbopishinurwa kuti rivheneke mumatondo richimbonanzva pamusoro pemiti.

Masamba akazonzwa kutinhira kwemota duku yaibva nedivi reNhamande. Kuti ati imotokari yaMagocha zvakamurambira. Iyi yaiva mota yairatidza kukuma zvine mutowo wazvo zvega. Hana yaMasamba yakabva yatotanga kutakwaira negadziriro yekutaura nevaya vemota. Akakwekweredza bhasikoro onomira pamhiri perwizi divi rekudzokera kumba. Pave pasipo, motokari iya yakabva yangoti zi-i, ichiratidza kunge yaiva yatomirawo zvayo.

Kwakabva kwaita mwenje mutsva wainanzva makore nekuchimbidzika zvichiratidza kuti mota yakatsikwa zverwendo. Kutinhira kwayo nemufambiro iwoyo kwakataura nezvaMagocha. Wedu Masamba ndipo paakabva abikura bhasikoro oenda pakati pezambuko kunoriradzika sezviya zvemasikati.

Masamba akanogwadama nechomuzasi mezambuko kudivi raibva nerwizi. Uku ndiko kwaiva nematombo ekuti kana uchida zvako waiwana emhando yaunoda. Aivako mazitombo akaurungana achikwana muruoko rumwe sehuyo. Mwenje wakati vhaa, motokari ichidongorera murwizi nekusvikomira pakati pezambuko yatarisana nebhasikoro. Zvechokwadi, uyu aiva Magocha aiva pakudzoka murwendo rwake.

Masamba akaita zvekukwadadika kwazvo kuti mwenje wemota usamubata muya muzasi mezambuko. Motokari payakazonyaradzwa kutinhira, Masamba akaita seachamira nekufema kwese kuti asanzikwa. Akazonzwa ndororo, zvikumbwe nezvimwe zvairira murwizi ndokurwaririra kwazvo kuti zvivharirewo nzeve dzaMagocha.

Pakazodzimwa mwenje wemotokari, Masamba akasekerera nechomumwoyo. Aiva angomirira kubuda kwaizoita Magocha mumotokari. Motokari yaiva yamiswa pekuti kana Masamba aisimuka, aigona kana kubata vhiri rayo remberi.

Magocha akati apedza nguva amisa motokari pakati pezambuko ndokuzobuda ofamba achinomira pabhasikoro. Masamba aingofa nekuzvituka pose paaitambisa mikana yekuchingamidza hama yake. Kana dziri tsoka dzaitotsika pekuti wedu Masamba aitogona kutambanudza ruoko akadzipukuta arimo mekare muzasi mezambuko. Hoyo munhu atokotama zvake pamusoro pebhasikoro. Hoyo orisimudza. Zvino Masamba oshaya pekutangira. Hameno kuti Magocha anoda kudii nebhasikoro raatakura. Pamwe anoda kurikanda padivi pezambuko.

Hoyo Magocha ofamba achienda kumashure kwemotokari nebhasikoro. Arisimudza zvino achifamba akafuratira mota. Bhasikoro rataridzwa divi raMasamba richidzivirira munhu wedu. Hazvisi nyore kuti Masamba achingoerekana ave pamusoro pezambuko. Kwakabva kwaita mwenje waivheneka makore zvekare kubva divi riya rekuNhamande.

Magocha akazongonzwa kukosora kwemunhu anogadzirisa inzwi ranga ravhara. Zvaitoita sekunge aiva amutswa kutsi kwehope. Zvaingodudzira zvega kuti Masamba aiva aswera parwizi.

Rwendo rwekubva parwizi rwakazova rwekufamba vanhu vanyerere. Nyoka dzemudumbu maMasamba ndidzo dzaingogunun'una. Hameno kana paizobuda chakanaka pakuzopinda kwake mundiro.

Masamba akaita rwendo rwose akazendamira divi rake achiedza kuvhara fungwa dzaitutirana mumusoro make. Pamwe pacho aitarisisa Magocha nebandi reziso zvikuru paye pakuvhetemesa mota. Dzimwe fungwa dzaiuyawo neshungu, kurwadziwa pamwe nekudemba. Hapana chaaiva achagona kuti nhanho dzezuva ramadeko dzibve pasabhuku dzichingonanga kwamai Shuvai. Basa riya raakadaidzirwa naSungano chakave sechinyemu. Kana uri mukana uya wekuInfrastructure Company waimurovesa nehana achidzamisisa nezvekusvibiswa kwemaoko ake.

Kudinginda kwaMagocha kwaidzimba mwoyo waMasamba. Masamba aibva anzwa shungu dzekudaidzira zvakaitika kudunhu rose asinei nezvavaizofunga pamusoro pake. Pamwe pacho airwaririra kuti Magocha asare achinzwa kuvavira kana kutapira kwemuchero waaiva adzvara.

Chero mota ikavhetemeswa sei unongozvibata. Kana chaibhururuka chiya chichizomhara, nguva ichakwana zvayo yega.

Kubatwa kwaDyiwa semhondi kwakadzengerera mundangariro dzaMasamba. Iko zvino ndiye abva aita wekutanga kutasva bhasikoro remuridzi pamwe nekuriuraya risina kumboita kana muswere mumwe zvawo wezuva pamusha.

Masamba akarega vachisvika paya paMagocha. Vakaburuka ndokuwana makore aye opunyaidza mhindo. Waingonzwa tumate twaipfira zvatwo nekure murima. Mhepo yacho yaicheka zvekuwundura munhu ichitsvaga kumurongedzera mugudza.

Mwenje yose yatodzima pazvitoro. Chigayo, dzimba nezvitoro zvangoundunda murima. Vaya vekufambira masaisai muGandahari vanguri vavharirana muzvitumba zvavo. Mai Tafuma vari mudziva remubhedha voga. Tafuma hameno zvake mumupanda wake kuya kwavanotengesera nyama.

Kangoma kari kupota kachisenerera murima gobvu pakati pemusha. Ndiko kwaMaisva kumakubukasva! Kangoma kanosvikawo muya muna mai Tafuma kachiturikirwa nehana kurova. Mai Tafuma vanodokwairira kusvika kwezuva idzva.

Kutinhira kwese kuchaitika pamugwagwa musi uno hakusi kwebhazi. Kwakazobva nedivi reNhamande kwakateverwa nemwenje waipishinurwa pakati pezvitoro uchipota uchipinda muya maiva namai Tafuma. Ipapo motokari yakanga yongoita zevezeve, pamwe pacho ichigomera kutsvaga pekuvata. Ndiko kwakava kudzoka kwababa Tafuma.

Mai Tafuma vakamuka ndokugara pamhenderekedzo yemubhedha. Vakanzwa murume wavo achitaura nemumwe munhu. Kana motokari vakanzwa ichivharwa makonhi maviri. Inzwi remunhu aiva nemurume wavo rakavasiya hana chave chigayo. Kana ari Masamba vakarwaririra kwazvo kuti abve angonanga kumba kwake vasina kuonana naye.

Mai Tafuma vakateerera kwazvo ndokunzwa murume wavo otaura naTafuma kumba kwake. Pamukova pakachizogogodzwa ndokubva vabatidza mwenje mekugara. Vakabva vaenda kunozarurira murume wavo. Pamukova paye ndipo pavakachizevezerwa kuti vadzokere mukati kunosimira zvakakwana.

Zvabva kupi zvekuti baba vaTafuma vapinde mumba nababa vaShuvai? Havo vatotarisana nezvigaro. Rwendo runo Masamba abvuma kugara pasofa.

Mai Tafuma zvakavakunda kuti varambe vari mumba maiva nababa vaShuvai. Havo voswededzera murume nomweni wake chikafu chavafanogadzira. Vanofuratira kupinda mumba mavo vachisiya Masamba achitanga kuchururudzwa mvura pakugeza maoko.

Magocha akangoita kudya kwemurairo ndokurega mweni wake ofamba nendima. Fungwa dzake dzaidokwairira kunovata kwairira ngoma. Akadaidza mai Tafuma ivo ndokubva vauya vachitofunga kuti pamwe kune zvaida kugadziriswa patafura. Pavakanzwa murume ovhunza zvemumusha, vakakotamira ndokungokweva mucheka patafura kudivi raiva nemurume ndokudzokera vachitsenga manzwi. Uku kwaiva kukweva murume kuti atevere.

Mukova wakabva wadzorwa manzwi achideredzwa. Wedu Masamba akazosarira kutsvairidza ndiro nekupwatsa mapfupa ese aibvuma. Kana simba riya rakadzoka ndokudemba kuti dai aiva nerakadaro paya parwizi pehuyo dzekuurungana.

Magocha akaita chinguva arimo muimba yemukati maaivhunzurudza zvaiva zvaswera zvichitora nzvimbo. Mai Tafuma vakasasanura zvose zvaiva zvasara zvichiitwa kuya kurufu ndokubva vanyenyeredza zvakasara zvichiitika paimba pavo.

Maisva anonzi aiva avigwa parudeukira rwezuva. Vamwe vakomana vemhuri yekwaMaisva nevamwe vemusha vanonzi vakanga vauya kuzvitoro vachiedza chose kuti mapurisa aridzirwe dzinhare kana kunotorwa nemota kuDhengenya. Vakarwisa ndokukundikana havo kumisa maminimini aiva achiitwa nevasharukwa pakati pemusha.

Wedu Dyiwa hakuna akataura nezvake musha wose. Vakangokwanisa kumuona ndevaya vekufambira kunomusunga nekumutenhera mumba make.

Mai Tafuma vakasvika panyaya yebanga raMasamba ndokubva vamona riri zevezeve. Kwainzi iko banga rababa vaShuvai raiva raonekwa panharaunda yakawanikwa munhu richiratidza kuti ndiro raiva rabva kushandiswa ipapo. Mudzimai waDyiwa ndiye anonzi akabva aikwetsura mhere achiguraudza senjiva kureva nhoroondo yebanga iroro.

Magocha aingogutsurira achidavirirawo nenzwi riri pasi zvekuti mudzimai akapotsa awana mukana wekutepfenyura zvekarungano kemwana wavo newaMasamba. Semunhu aidokwairirawo kunzwa zveDhengenya, mai Tafuma vakabva vati vachingovhunza mukamwe zvedivi raiva rafambira murume naMasamba. Izvi zvakabva zvatotuma murume kusimuka asina chaapindura.

Magocha akazobuda muimba yemukati apfeka zibhachi rekusvotesa zavuvuta remhepo raidaro kuwungudza mumadziro emba. Ndiko kwakava kubuda kwemachinda adungamidzana kuti apinde mumusha. Mai Tafuma vakakumbira kuti murume akiye mukova nekunze kuti azozvivhurira ega pakudzoka.

"Handisi kudzoka kusvika kwachena."

Mai Tafuma vakavhara mukova wavo ndokukiya chinyararire vachirega murume omedzwa nerima naMasamba wake. Vakazonzwa paya pamota ponzi hiri-hiri pachiitwa zvekuburuswa kwebhasikoro. Vakazonzwa potaurwa zvekumutsa Tafuma nekuti zvakanga zvisingachabviri kuti Masamba agotakurana nebhasikoro mumhindo yakadaro.

Magocha akanogogodzera Tafuma kuti bhasikoro ripinzwe mumba make. Mujaya akangovhura mukova wake asina kubatidza mwenje. Paakada kuti asesedze bhasikoro riya zvekuripinza mumba, akawana richiita zvekukweshera pasi nemavhiri ose. Masamba akamuudza kuti raitoda kubatiranwa. Pavakasvika pamukova wemba yake, mukomana akabva atenda VaMasamba kuti achiripinza mumba ega. Mujaya akadikitira muhapwa ari mberi kwababa vaShuvai murima imomo. Hapanawo aigona kuzoona miromo yaiomerwa nekuchenerukira murima mekare.

Masamba naMagocha vakasiya mujaya achitonhodzana nebhasikoro raDyiwa pakuritseketudzira mumba make. Vakabva zvavo vapumbuzira murima pasina anotaudza mumwe. Kangoma kairira kwaMaisva vachitamba zvavo nhema pakupotsa nzira.

Chadzera chemwoto chairatidza kuti paMaisva paiva paitwa misasa ine chitsama. Zvaizoti vari pano vari kubika, vamwe vachitotsumwaira zvavo pakumirira rwendo rwekubuda kwezuva.

Variko vaigona kuvata dzichingova nyaya nekusetsana. Pamariro ipapo, mumwe aitobuda shavi rekutaura nyambo achingomiswa chete nekupota achinomira nemuti seri kwemba. Kudzoka kwake kwaiva kungosvika achipfuurira nenyaya dzake dzaizara nekuwedzerera kana kusiirira zvimwe zvikamu. Izvi zvaizopa vamwe kubva vanzwa kurwisa hope vachiteverera kuzipirwa ikoko.

Mapoka emadzimai ndiwo aizokomberedza zimwoto ziguru achiimba. Waigona kuwana ngoma yakabatwa nemujaya achiipandangura iri pakati pemakumbo. Kana zvonyanya kunakidza, waimuona zvino orova ngoma iya akatarisa divi seinomunhuhwira. Vaye vekuzvimbirwa vanenge vachingouyawo vobatanidzira kudzana zvese nekudhuura zvimbambaira. Uya wengoma aizobva airova akatarisa rimwe divi zvino anzwa kunhuhwa kwemazvirokwazvo.

Madzimai mashoma aiwanikwawo ari pakugwenderedza ndiro naipapo pakati peusiku. Unowana vamwe vosuka zvisingaperi vachizipirwa nemvura inodziya. Imwe yacho ndiyo yavairega ichifashaira neune kuti vagopota vachipungurira zvifoshora zvetsvigiri nemasamba.

Imbwa dzemumusha dzinowanikwawo dzichimirizika ipapo panogwenderedzwa ndiro nemapoto. Dzimwe dzacho ndidzo dzinobva dzahuta kwazvo ipapo panenge pachisukwa. Imwe ndiyo inobva yasekerera pakuteurirwa mvura ine mapfupa murima. Chirega unzwe bongozozo kana pakazoita rimwe zimbwa rine mukundo.

Hapanawo anogona kufungira kuti imbwa dzinorwa murima dzingarandutsirwa nemvura inopisa. Kana imbwa ikazowawata zvinokunda ngoma, mai yegaba rinopisa inogona kubvawo pachiedza pasati pawana acherekedza. Murima imomo ndimo mavakabva vanzi, "Ndanga ndichitoshaya kuti ndokuraurai sei pachita chakadai?"

"A-a, baba Shuvai mabva mada kuparutsa hana yangu chokwadi!"

"Chiregai kubva mada kuti titaurise timbobva hedu pano. Hapana munhu anofanira kuziva kuti ndadzoka mumusha kusvika nguva yacho yakwana. Tingatomboinda hedu kumba ndiwane kumbonofema zvishomane. Ndinodawo mabhachi zvekare-ndanzwa nechando."

"Nguva inofanira kukwana ndiyo yakaita sei iyoyo nezvekudzoka kwenyu mumusha? Kumba hakuna zviriko. Ndigere kutombotsikako. Pano ndipo pandingatokutsvagirai chikafu."

"Zvechikafu ndakakwana hangu. Chando ndicho chandinyanyira."

Vakabva vadungamidzana mukadzi nemurume vonanga kumba mukati merima. Ndiwo wakabva waita mukana wekuvhunzana zvaiva zvaswera zvichitora nzvimbo kumativi avaiva vaswera.

"Saka imo muno mumusha maswera makadii nhai imi mai Shuvai?"

"Ko, mapurisa acho aripiko nhaimi baba Shuvai?"

"Chimbomirai zvose izvozvo kani! Ko ini zvandavhunza zvainda nemhepo here? Zvandati ndiudzei zvemuno mumusha mapindura papi?"

"Ndipo pandingazvipedza here imi musati mangoti remapurisa gwa gwa gwa, nhai baba Shuvai? Handiti imi masara mozorwawo manda iyoyi!"

"Ndichinzi ndakwana papi mukununa kwenyaya yacho?"

"Ahiyazve! Dai vasiri VaMasa naiye mukadzi waDyiwa, kana ini ndaisadyiwavo pano! Ndatoti mashura chaiwo!"

"Mukadzi waDyiwa naSabhuku ndivo vaita sei?"

"Imi zvamakatinyima banga rekuvedzenga nyama paya handiti makazonoripa iye Dyiwa! Hoyo, naro mudondo! Tsve zviya zvembudzi zvarehwa, kwave kunodhadhura munhu mujinga megomo nebanga iroro. Kana ndimiwo mungati kuita here ikoko? Kana ndirini ndaita zvangu sendichafira pamunhu. Nemiwo chamaitinyimiravo iroro banga richizonopfuudziswa munhu! Kana dai yanga yatsviriridza maipasara!"

Masamba akashama zvake rima ndokututirana mumuromo nemhepo yaro mudzimai achifamba nechepamberi. "Ndechakewo Dyiwa rwendo runo. Zvabva zvaita kumushura chaizvo."

"Muchireva mashura api, iye munhu akangozvizuzira nhundu yemaombera ega zvake? Iko kuzoda kukakaradzira musha wose mudziva rake iroro!"

Masamba akapinda mumusha nemudzimai achiudzwa kuti VaMasa ndivo vakazoraira kuti banga iroro richengetwe naZanda zvekare. Ipapo vakomana veukama hwaMaisva vanonzi vakambomira kwazvo zvekutoda kukododzvora sabhuku pamuromo chaipo vachishora mabatirwo aiitwa nyaya yehama yavo.

Vamwe vasharukwa vekwaMaisva ndivo vanonzi vaiva nezano rimwe naVaMasa ndokudziva majaya emusha wavo. Kwainziwo vakuru ivavo vakazomboinda kuruware kuya paruvhunzavayeni vachiti hama yavo inofanira kumuka irwe nemhandu dzayo nekuchimbidzika.

Mai Shuvai vakasvikovhura mukova wemba yekubikira ndokubva vati, "Mungazvibvuma here ndikati mombe yaurawa parufu nderiya zinzombe rekwaDyiwa? Kuti zvityiseka pamutunhu uno! Munoriziva imi Harikeni riya ramakadzinga pamutanhu richinanavira majanga musi uno uyu!"

"Uuuu, ndiko kuti zvazonyanya." Masamba akaruma muromo wepasi achipinda mumba maibatidzwa mwenje wechibani. Fungwa dzake dzakangoita zvadzo kamvari dzichipfuura nemumba maMagocha. "Hapana chisingaperi!"

"Muri kutoreva henyu baba Shuvai! Azogara mudhishi Dyiwa uya! Matare azoswera achiitwa anongoreva kuti nedanga rake rinosara rikaveswa. Kana zvemuno mumusha handioni vana vake vachizogara vakatambarara naiwo mabasa ababa vavo!"

"Zvose izvozvo zvanga zvichibvumiranwa sei mumusha muno nhai?"

"Paitwa dhirama raMhekiya, baba Shuvai! Munongonzwa imi! Vaya vana vekwaMaisva vabvva vasuduruka pavaona kuti vakurirwa nevakuru vavo. Kwanzi tinonodzoka nemapurisa tomene. Imi manga muchitonzi hamuna kwamamboinda nerumwe rwanga ruchipfuta rwanzi rusazita rwaMaisva wacho. Irworwo ndirwo rwanga ruchidengezera kuti kana dai panga paitwa zvemapurisa chaiwo patumwa Magocha kana vaya vane mota pazvitoro apa. Kwanzi garai henyu maziva kuti mazvituma pana Masamba wenyu iyeye wamati kumapurisa."

"Zvino ivo vainda nemota ngani? Avo mapurisa anogovepi zvandisina kuonawo kana kamota kanoti ze-e pamugwagwa muswere wose?"

"Ndipoka pandinobva ndavhunza neniwo kuti imi mafambawo sei? Kana ivo VaMasa vanga vachiti vakati peserere vouya kuzonditi, dai musha uno una vanaMasamba vaviri ndasara nemumwe wacho pano. Kana pazovigwa Maisva vanga vachi---"

"Musandiudza kuti munhu abva atochengetwa!"

"Asina bhokisi futi, baba Shuvai!"

"Mave kutaura zvitsva panyika pano!"

"Zvandatizve, vasharukwa vekwake vauya vane zvavo! Pavangoona kuti zvavo zvaita vabva vapinda mudondo makaitirwa mabasa zuva richinyura. Kana kari kamwe kacho kakapera meno mukanwa kabheja kuti hakubudi rimwe Maisva asina kuteverwa newake."

"Zvino iye Dyiwa atiwo kudii kuchita pavauya naye?"

"Achiuya kubvepi? Aichifambirwa naani wake? Handiti kunonzi gumbo rake ranga richiratidza kuti harina kumira zvakanaka!"

"Kwanzi raita sei?"

"Zvichagozikanwa naani! Mukadzi wacho ndiye asiya ati murume akapinda mumba achitsvetsvereka nezvaakanosangana nazvo mudondo. Shoko razoswera richitenderera rinoti vana Jadhiya vacho vanenge vambomukomberanavo kumba kwake ikoko kwavamuvharira."

"Zvichagova nei hazvo? Ini chindiitirai mabhachi angu tiwane kudzokera. Mubve mandimutsira Shuvai ambouya kuno ndimuone ndisati ndabuda." Masamba akadaro zvake achipukuta kumeso nekuvigiridza muromo wake wekuzvimba.

Mai Shuvai vakasimuka ndokuti, "Chiuyai henyu mutore bhachi tidzokere."

"Ko Shuvai wandareva matomumutsa here?"

"Hezvo, nhai baba vemunhu! Zvomotoitazve semunoshurira mwana! Hakuchaedzi here mukazomuona henyu?"

"Ndichishura chii chamungareva imi pano? Kana anga achidawo kuti baba maswera sei haangati mamugonera!"

"Imo mumusha mune nyaya dzinotyisa kudaro, akaira amuka anozodzikotsira papi? Kana mada chiindai munomugugudzira imi."

Masamba akaona hake zvisina shumo kuti azoverenga nhanho dzekunhanga kwemwana ivo mai vake varamba. Akaguma zvake nekukonopera zvihuri zvebhachi rake achipinda munzira yekwaMaisva nemudzimai. Kana ari mashoko evasharukwa vekwaMaisva aibva aramba achingodzoka mumusoro make. Aipota achitarisa kuya kunobva nezuva kuti aone chaipo pangabva naiye wekudungamidzana naMaisva risati rabuda. Akangofuratira hake musha wake hana ichitakwairira mukana wekutaura nemwana.

Pavaiva vofamba zvavo, mai Shuvai vakayeuka kuti parufu pakambouya vayeni vemumusha vaiva vavinga basa rekuzosima mazisembure emasaisai edzinhare nenhepfenyuro. Ivava vanhu vakanga vauyawo kuzobata maoko nekukumbira mukana wekutaura. Vaikokorodza munhu wese zvake aida kupinda basa mangwanani emusi waizonzi kuchema kwapera mumusha.

Pakutaura kwamai Shuvai nezvevaya veInfrastructure Company, Masamba aipota achinzwa Magocha nemashoko ake aye akazomuhwezengura. Izvi zvakamuudza kuti hapana munhu aigona kuita munyai pakutsvagira vanhu basa raiva rauya rega muGandahari.

Masamba akazotsindidza mudzimai kuti arege kunyeurira ani zvake nezvekudzoka kwake mumusha. "Ndinoda kuzorora zvekuti ndichaonawo kuti hapana kana mumwe achaziva kuti ndadzoka."

Vachiswedera pamusha paMaisva, dzakabva dzarwa Masamba otsaukira murima kudivi riya rekutaurwa nyambo. Waitonzwa vamwe vachiseka, naMagocha achitosekawo achikosora zvake.

Ngoma iya yaiva yanyarara zvayo, asi pachipota pachiimbwa nevashoma. Kuya kwemvura dzinopisa ndiko kwaitoita sekuwedzerwa mwoto pazvikanga zvaifashaira. Vedu mai Shuvai ndiko kwavaitambira vachibika zvemupoto duku. Pano nepano, ndivo vaizonekaira kuona kuti mumwe wavo agombedzerwa kudya paya pakutuvira kwebundu rekusiiwa nemurume.

Masamba haana kugara apinda muchiedza chemwoto. Aingogugudika nezibhachi rake murima achinzwa kukosora kwaMagocha nemumakwenzi emusasa. Hapana aigona kuona zvekuchuru kuya kwaiva kwaumbidzirwa zidutu remavhu parukunzvikunzvi.

Zvaikatyamadza kwazvo Muvhuro mangwanani denga richimuka zvaro rakangoti hweru. Hapana kana hore yaionekwa. Riya zigudza rekumbopunyaira manheru harina kunge razoputsa shungu dzaro.

Vezimota ravo pazvitoro vakanga vaziviswa kuti havangatangi basa mumusha muchiri kuchemwa. Vaya vaiva vashambadzirwa basa vakarida vakanzi vaizouya zvavo kana zvekuchema zvapfuura.

Paya pagungano pakamukirwa mvura dzinopisa naiwo matare evasharukwa. Kana vari sabhuku vainzwa kugara vachimirizika mberi kwechita chavo.

"Ndinodavira kuti mavata zvakanaka. Mvura yataitya kuti zvimwe ichanaya yakabva yakona. Nyangwe imi mose muri pano ndinodavira kuti makasunungukawo mangwanani ano. Ndatoona hangu kuti makore aye aiva eshungu dzemwana watakaradzika pano nezuro. Zvino chiregai tichidai," VaMasa vakambonyarara vodzanirira panhu pamwe sendere roda kubhururuka. Vakanga vatopfeka chiso chehasha nechekare.

"Basa mangwanani hama! Taronga isu kuti vekwaMushaviri vanotinha mombe mangwanani ano. Tati mbudzi dzimbomira iko zvino. Iwe Mudonhi!" VaMasa vakadaro vatarisa pameso peuya muchinda wekumbotumwa basa guru kuruware. "Ndiwe wotungamirira madzisekuru ako kwaDyiwa. Munonosarudza imi sere zvadzo izvozvi vobva vatinha vakananga kwavo. Chimwe chinhu, inzwa! Kana pasere pacho pane dzinoteverwa nemhuru, mhuru dzacho musarava! Handiti wapabata? Tichazovhunza iwe zvose zvinenge zvatora nzvimbo. Chibvai matopinda pamugwagwa izvozvi."

Mudonhi nevamwe vake vakabva vangoita zvavaiva vataurirwa.

"Kutivo zviratidze njere," VaMasa vakadaro vachizvibaya nemunwe pachavovo. Vakarusimudzira voti, "Jadhiya nemachinda ako chibvai maindavo kwaDyiwa izvozvi. Munonomutora mouya naye kuno, mapurisa azoita nyore kuworera."

Vamwe veukama hwaMaisva vaiva vachigunun'una kuti mombe dzainotorwa kwaDyiwa ishoma. Vamwe ndivo vaiti dai dzangokokorodzwa danga rose pakuraudzira kwadzo. Vamwe vairamba zano remombe vachiona kuti hapana chavaizowanawo pazvose zvaikokorodzwa.

VaMakaita vakanga vasina aivacheuka mudare revasharukwa vekumurume wavo. Zvaivabaya kwazvo kuti fuma yaDyiwa yaiparadzwa nezita remurume wavo idzo mombe dzichitinhirwa kwaMushaviri. Zvaivatadzisawo kumedza kana mate zvawo vachifungisisa kuti murume aiva aradzikwa chirikiriki asina kana bhokisi. Vakuru vedare vakanga vachengeta pachavo, aye matsomondo ekuverengwa kuziware. Vakachema musoro ukatema. Vakashaya chaiko kwavangatora simba rekumisa hurongwa hwese pakufa kwemurume wavo.

KwaDyiwa kuya, wedu Tichaona aiva achingova ega pamba. Zvaiva zvisingagoni kuti aende kuchikoro. Kwaiva kwaindwa namai haana kunge akuziva. Akadaidza imbwa yake Kusaziva, asi haina kuuya. Baba vaivamo zvavo mumba. Tichaona aingoti akafunga zvekutaura nababa vake pahuro pouya zibundu rinomuvharira neshungu. Pamukova pemba yavo paiva pazosungwa neutare. Akaedza kutsukunura ndokutadza kana padiki zvapo.

Tichaona akanogara pamushana akaringisa imba yaiva yavharirwa baba vake. Mhosva yavo chaiyo haana kumbogara aiziva. Aigoudzwa nani zvavaipomerwa? Kana vari vana Jadhiya vaingova veganyabvu. Aizivawo kwazvo kuti raiva raguma kukandwa mumukanwa nababa vake nderiya remanheru eMugovera. Kana aizofunga kuvakandira kana chigubhu chemvura zvacho, aiziva kuti vaiva vasingapabudi pambiradzakondo dzeruoko rwaJadhiya.

Paakati anozarura mombe, Tichaona akaona Mudonhi akamunanga nechikwata chemarume. Akangomira nezariro rake mumaoko ndokubva mumwe wemarume aye ati, "Doramba hako wakamira ipapo mukomana! Wanga uchida hako kutiza nadzo, asi zvatoramba. Chitoramba zvako wakadaro kana uchida kuti zvikufambire." Tichaona achinzwa izvi, akabva ati rutsoka nditakure.

Mwana akamhanya nemumakwenzi marume akagopinimidza achimutandanisa sembwa dzamutsa tsvana. Vavariro yaingova pakumbopungurira shungu dzavo pamwana wedusvura vasati vapinda muchirongwa chavaiva vafambira.

Tichaona akapukunyuka ndokubva anovanda mumushangura waiva pachuru kuti aone zvakanga zvoitwa. Mombe dzavo akadziona dzichisvusvumiswa pakasava nedanho raakagona kutora. Akatonona zvake pamusoro pechuru paya ndokuchema achiedza chose kuti asabudisa inzwi. Kudaidza Kusaziva kwakanga kwashaya basa zvachose. Kana ari Sungano aizorisvitswa nani shoko kuChikarimatsito?

Kuya kuChikarimatsito, shoko rakanga ravata rasvika, Sungano ndokutadza hake kudzokorora mutunhu wakadaro musi wekare. Shoko rakasvika riri reumhondi hwababa vake akatadza kuziva chaipo pazvaibva. Akatoseka zvake nechemumwoyo pakunzwa vachinenera munhu umhondi nepamusana pekuti vakaburuka vose bhazi. Aiziva hake kuti basa remapurisa raizongofumura chokwadi richichenura baba vake.

Paakazosvika pamusha ndipo paakaona mombe shanu dzichinwadaira pasi pemutanhu. Haana kuziva kana kufungira zvaiva zvatora nzvimbo. Hana yake yakarova paita kafungwa kaimunyevera kuti musha wavo waiva waparara. Mukomana akapinda munzira yekwaMasamba achitaura ega. Ikoko ndiko kwaaitonowana munhu wekuchema naye achinyaradzwa nekupiwa mazano.

Asati akanda nhando zhinji dzekwaMasamba, Sungano akaona Jadhiya nemachinda ake vachibva nedivi rekwaMaisva. Misodzi yakatanga kuita zvekuteuka. Pavakamuudza kuti vaiva vaisa baba vake muusungwa, mujaya akamonywa mudumbu zvekuita seacharegedzera manyoka. Haana kunge aziva kuti baba vaiva vasungirwa mumba mavo. Akanzwa kumira mwoyo nenhoroondo yaipa baba vake kunenerwa umhondi. Akashaya kunotengeswa njere dzekuzovhura misoro achitsvatikira mumwe nemumwe wevakuru vemuGandahari.

Akavaudza kuti aivapo pakuburuka bhazi nemushakabvu. "Muvhunzo wangu kwamuri ndewekuti kana baba vangu varivo vakazogura munhu musoro, aimbova akamira pai nguva yose yatakazotora kumba tichibikirwa zvese nekudya? Kana muri vamwe maichigarazve mavandundurudzira kumapurisa pane matakanana ekugadzira jere renyu amuri kundiudza pano."

Sungano akazodzungudza musoro ndokuridza kamuridzo nepakati pemazino achigara padanda raiva pakadaro. Jadhiya nevamwe vake vakangotarisana ndokupererwa. Vakabva vatogura rwendo rwavo rwekunotora Dyiwa vasina kana kutaurirana. Jadhiya ndiye akabva atotanga kugwedaira achitungamira boka riya pakudzokera kwaMaisva.

Sungano akagurawo rwake rwekwaMasamba oteverana neboka raJadhiya. Kana ari Zanda akademba kwazvo achipepuka mukurasika kwavaiva vakaita mukutonga kwavo. Sungano akabva agurwa zvekare achiudzwa kuti mombe dzavo pfumbamwe dzaiva dzatoparadzwa mukupfidzisa baba vake. Aiva atopesana paduku kwazvo nevaiva vauya kuzodzitinha.

Madzimai aiva paMaisva akauya kuzochingamidza vana Jadhiya. Vaiziva Sungano ndivo vakatanga kuridza mhere. Dzimwe harahwa dzakanzwa nezvemwana waDyiwa ndokuuya dzoita nhangemutange. Dzimwe ndidzo dzaiva nemibhadha mumaoko kuti dzizonatsoona chiso chemwana wedusvura.

Uya mujaya sazita waMaisva ndiye akaswedera kuhama dzake achipaumba. "Kuuya kuzochema pamwe nemi imhosva here?"

Sungano akabitirirwa neshungu fungwa dzake dzichimbodzokera pamanheru aye eMugovera baba vachikurukura naMaisva mubhazi. Paakati apururane maoko nevanhu, VaMasa vakabva vagadzika munhu wese pasi.

"Imi vana Jadhiya madzoka zvenyu, asi chamadzokera handichioni. Nyaya ino ndiri kutoona hangu kuti muri kuirerusa. Manga muchiti mwana wacho zvaasvika chinokona chii? Ibvai matoinda zvenyu munouya nenharadada yatakabata. Nyangwe mapurisa akazowana tatonga mutongero wedu zvose zvakangoringana." VaMasa vaitaura vakatarisa Sungano neziso reruvengo.

Sungano akabva ashuva kwazvo kuona Masamba. Akatarisisa pamhomho yaiva paMaisva ndokugutsikana kuti Masamba nemudzimai wake vakanga vasipo. Akazofara kwazvo kuwana mukana wekusimuka pakabva vana Jadhiya vodzokera parwendo rwavo. Akazovarega voenda kwavo iye onanga kwaMasamba.

Masamba ndiye munhu waakanga ataura naye vakanzwana mumatama. Ndiye munhu aizogona kuchema naye nekumupawo rutsigiro rwekununura baba vake kuvanhu nekuvachenura. Masamba ndiye aigona kumubatsira kubvisa baba vake mubwititi revamwe vakuru vemusha.

VaMasa vakasara vachiedza kusasanurira vanhu hudzamu hweshungu dzavo pamusoro pemhondi. Uya mujaya weusazita naMaisva akabva amirawo nepake achipokana nehama dzake nevakuru vemusha. "Imi ndimi makati zuva ranhasi rinobuda rave nezvitsva. Chiteverai mushakabvu kana murimi munotevera! Ini ndinoti ranhasi muchadura henyu risati rapinda muna mai varo. Makatora mari yaiva pamushakabvu mukaverengerana muchifuratira kutenga bhokisi rekuti aradzikwevo zvakanaka.

Munosvodesa! Idzo mombe dzamati dzinotinhwa dzinonobatei kwaMushaviri iwo musha wemushakabvu uri pano? Hatizodi vanhu vanokakama pano kana magwaro ovhurwa. Mumwe nemumwe achamira nezvake; ende handisi kutaura zvekudenga! Ndiri kutotaura zvepano patiri nhasi uno!"

Vanhu vakabva vatanga kuita mheremhere. Vamwe ndivo vakanga voita zvipoka zviduku vachiedza kuzeya mashoko emujaya nezvezuva rakewo idzva. Sabhuku vakanhonga rukuni rwaiva pakadaro ndokuruzuza vachiedza simba ravo. Pavakati vachivinga mukomana uya, pakanzwikwa kutinhira kwemotokari yaipishinurwa zvine ukasha mukamugwagwa kemumusha.

Gungano rose rakazoita sehukwana dzaona gondo richiyengerera. Mukomana akatarisa kwaibva neruzha rwemotokari ndokuruma muromo achitya zvake kuti angasekerera ari mberi kwechaunga.

Mai Shuvai vakabatidza mwoto ndokuurega uchipfuta pasina chavagadza. Kugeza kuya kwavaiva vabvira paruzhinji hakuna akazoyeuka. Mumba mavakanga vati ndonotora zvekugezesa ndimo mavakabva yangove nhuzunga.

Pavanhu vose vaiva vavata pamisasa, hapana wavaiva vaona ane huruva yakadaro. Zvababa Shuvai zvainyanya. Zvaibva zvati nemashizha jasi rose. Wakanga usingaisi ziso pauswa nezvikuni mumusoro. Iwo mavhu nemundebvu mose! Hoyo murume kwave kungoti pamusoro pemachira rimbindi- zvese neshangu ipapo. Waibva waona sezidanda rakatadzwa nerwizi runodira.

Kuti utarise kumeso kwaMasamba waishaya kuti wakamboonepi chikara chakadaro. Uno muromo waiva wakazvimba seuya wakakaviwa nedhongi repachigayo. Kutarisa minwe yeruoko rwerudyi waibva waona rukanda rwakadhomoka ndokusara rwakachenama. Haisiyo nguva yekumutsa munhu nekumuvhunza iwe usati wafungisisa zvingadaro zvakatora nzvimbo.

Mai Shuvai vakagara pajinga pechoto vachidzamisisa zvavaiva vaona pamurume wavo. Vakazoti voshama n'ai ndokuita sevachawira muchoto. Hope dzaiva dzakavaputira, asi dzaipota dzichipungurwa nefungwa dzaiva dzopishana. Kuti vakotsire vasina kudzokera kune vamwe, vaitya kuzopepuka ave manheru chaiwo vasina kuziva mufambiro wenyaya yemumusha. Vaifanira kuzeya zvavaiva vaona pamurume wavo nekukoka ushingi vasati vamuvamba. Paifanira kuwana nzira chaiyo yekukwenyedzera Masamba.

Kuti mai Shuvai vafunge zvekugadza mvura yekugeza vainzwa muviri wose kupindwa nechando. Kuti vaite zvekubika vaibva vanzwa kunge vaitambisa nhambo. Pavakati vadzore mukova ndipo pavakaita sekuona mumvuri wemunhu aisvika pamukova. Chokwadi aripo ainyahwaira seuya aitsvaga kubata chihuta mubani. Kunoti kwake pamukova, wonei inga ndiShuvai wavo.

"Aa! Mashura eyi andiri kuona? Unodei pano mwana waMasamba?"

Mwana akasvikogwadama padivi pamai vake okwatidzira chiso pamakumbo avo achihididza kuchema. Kana dziya mbabvu dzekusirwadziswa nekurutsa akadzinzwa kudzimba. Hapana shoko raunobudisa kana kuchema kuri kwekuhididzira neshungu.

"Nyarara hako uti zii-i Shuvai. Baba vako vavete mumba umo! Vakatimukira pano tinozotangira pai?"

"Ndivo vandauya kuzoona mha-ai kani! Ndinoda kubva ndavaudza zvose, naivo vagopindurawo mivhunzo yangu."

Mai vakanamanura mwana pamakumbo avo kuti vamutarise kumeso. Ipapo akanga oita kubvunda achibovera muromo wezasi rusiriri ruchirezuka. Mai vakasimuka zvekuviruka ndokumutarisa vachinge vanoda kumudzadzura segondo. "Iwe Shuvai! Chii chamuri kuda kundiudza imi vaviri? Baba vako vasvika pano yomurirakamwe chaiyo vachiti ndikumutse vataure newe!"

"Hapana here zvamazovaudza imi mhai? Ndotoona sekuti pane zvamandisetera. Mandiitirei kudaro imi? Dai zvangu ndakagara ndisina kubva kwaZimuto!"

Mai vakapera mate mumukanwa. Nyaya yakadai vakanga vasingadi kuitaura mumusha muna Masamba. Vakawetsa meso avo ndokubata muromo norumunwe kupa chiratidzo chekuti mwanasikana wavo asone muromo, arege zvekuchema kana ruzha. Vakamuninira kuti asimuke. Vakafamba ndokunomira pamukova. Ipapo ndipo pavakanzwa kuti, 'Tisvikewo!'

Sungano akapona nekuti mai Shuvai havana kunge vamuziva. Kana dai vaimuziva zvavo, pamwe vaizomushaira nguva voronda gwara raiva radzosa Shuvai mumusha neusiku humwe. Vakatoita kubata muchiuno kwazvo vachiedza kunan'anidza nekufananidza chiso chaSungano. Vakanga votomubatanidzira nemajaya ekwaMaisva ekuswera achikakavadzana nevasharukwa pamariro.

Sungano akaitawo semunhu mutsva paMasamba achipfuudza meso ake nemuhapwa dzamai vaShuvai kupinda mumba. Haungazoti ndiye Shuvai uya achidzembereka mumba nameso matsvuku. Iko kuzofinyamira kuita seanorwadziwa nekunaka! Serwendo runo, mwanasikana akanga awedzera kuurungana achipenyerera nerukanda rwekunzwa mvura nemafuta.

Nyaya yekusungwa kwababa vake nerufu rwaMaisva yaiva yakamutasva, asi Sungano akaita seainzwa chidokwadokwa chekuwana mukana wekuzevezerana naShuvai. Ndiyoka mhandara yairidzisa kangoma muhana make vachibva pazimuonde remuDzimidza. Ndiyoka mhenya yaakazotumira katsamba kemupfekedzerwa kaya kekusvitswa naTichaona achirutsa. VaSungano vangu hatinawo chataiziva nezvemisodzi yechigagairwa yaidaro kuturuka pakati pemusha.

"Kwakanaka here mwanangu? Tati tivhunze. Tanga totobudawo hedu."

"A, tichitika nemabasa amakaona muno mumusha!"

"Akaonekwa hawo mwanangu. Zvinganzwiiko?"

"Zvikukutu!" Sungano akadaro zvake achiita sekuti zvikukutu zvacho aizviona pachiso chaShuvai. Akabva ati, "Handiziviwo, ndanga ndangouya kuno ndichiti ndingaona VaMasamba timbokurukura hedu."

"NaVaMasamba magopesana papiko? Vapinda imomo mumusha umu iko zvino uno uyu isu tichitogadziriravo hedu kubuda. Iwe VaMasamba ukavaona unovaziva here mwanangu? Kwakanaka here?"

"VaMasamba ndivo vandingatadza papizve nhai mhai? Kwakanaka hako! Ndanga ndangoti ndichemewo navo tichitaurirana hedu nhau dzatatarisana nadzo muno mumusha."

"Iwe ndiwe unonzi ani?" Mai Shuvai vakavhunza vachicheukira mwana nekumutsonya kuti akasike kubuda mumba. Nguva iyoyo ndiyo iya yakatinhira mota ichitsvaga pekupinda napo kuti isvike paMaisva. Vakainzwa ichimboita seyamiswa pakugadzirira kwayo kutsaukira kwaMaisva.

Paiva nenyota yezvemapurisa yakanga isingagoni kuudzwa munhu. Mai Shuvai vakatarisa kuya kuimba yekuvata ndokumbotura befu. Ndiyo here nguva yekumutsa Masamba? Ndiyo here nguva yekuvhunza zvemuromo wakazvimba neminwe yakapondoka? Zvakaipei kumutsa baba nekuvazivisa kuti mapurisa amakanokoka asvika? Ndiwo here mukana wekutsvaga kujekeserana nezvekudzoka kwemwana achichema mumusha? Mai Shuvai vakambonodzivaira pamukova pemba yaiva naMasamba ndokusiya padiki kuti vauzarure.

Zvechokwadi mota yemapurisa yainyiminya chiso paya pakupota ichimharwa nemushana wechando. Yaingozvipenyerawo zvayo, asi yakatakura rumhenengeza rwerata raiva ranzwa kupeterwa vashakabvu munzendo dzarwo dzisingaraviki. Chayo kwaingova kugomera ichisvika paMaisva.

Mapurisa maviri aivamo mumota nezvindebvu zvawo zvekukwatidzirwa pasi pemhino. Avo meso aiva matsvuku zvekutoita seachapfuura aShuvai ekuchemera chin'ai. Kuzotsvaga meso ewaityaira wacho, waimawana akatsvuka ari mumagirazi.

Zvidzidzo zvikuru zvaiva zvawanikwa nemapurisa zvakanga zvatangira parwendo rwekubva pachikoro pavakapiwa mwana wekuvataridza nzira yekwaMaisva. Zvakabuda ndezvekuti baba Sungano ndivo vaiva vangoponda havo VaMaisva mujinga meruware pasi pemukubvu vachishandisa katemo nezibanga. Chimwe chavakanga vabata chaiva chekuti ranezuro rakazopinda zvaro muna mai varo VaMaisva vacho vatovigwa.

Paya pagungano, hapana akava netsananguro yekuti sei vanhu vese vaiva vongomhemhaira sevafudzi vanzvengwa nembudzi. Vaya vemumota chavakangoita ndiko kutarisana pachipurisa chavo. Paiva pasina zvekuseka nemunhu.

Kana vari VaMasa vakanga vachipinimidza kwazvo. Vaifunga kuti vachaona Masamba achiburukawo nekupira mapurisa kwavari. Kuya kwavaiti vachaona kune bhasikoro raDyiwa vakaona kune zvakovo.

Sabhuku Masa vakasvika pamota vachikazaira kwazvo. Vaiva vakadungamidzana nevaya vasharukwa vekwaMaisva. Vamwe vacho ndivo vaitevera vachinonowara vakabereka maoko nemibhadha yavo.

"Zvamauya zvanaka! Dai mangoti nonokei nhasi maiwana tatokusevenzerai ndima dzenyu dzine chitsama. Chimirai zvenyu makadaro! Ainda kunotorwa. Vari kusvika zvavo naye *masinyani*."

Mupurisa wekutyaira akanyaradza chifuva chemota ndokubva akosora ariye. Yaiva ino ndafura yerume yaibuda tudikita pahuma nepamhino. Ndiye ainzi Zambuko aiva achishandira kuDhengenya. Yake mbiri yemakore manomwe munharaunda yeNhamande kwaiva kuvhetemesa bhasikoro achibva kunyaya dzaaitamba. Makore ake ekutanga ainyanya kufambira idzodzo dzekubiwa kwemombe kumapurazi iwayo akazoitwa zvemagariro matsva. Zambuko aiti kana obvako akatakura dehwe nyoro ofangura runainai zvekutiza mhepo. Kana kuri kunhuhwa kwedehwe aizokunzwa asvika pahofisi yavo yaimbova imba yamudhumeni paDhengenya. Kana iri mota akanga opota achifamba naiyoyi yaainopiwa kuRutenga kana kwaita nyaya dzemutowo uno.

Kuburuka kwake mumota, Zambuko akadzokera kuya kumashure ndokubata muvharo werwuya rubhokisi. Kumusoro kwerubhokisi kwaiva nekamwe kabhokisi kekuchengetera zvinhu kaitevedza madziro kachibatanidza nhivi dzemota. Kabhokisi aka kaitova nechihuri.

Mupurisa aiburuka nerimwe divi ndiye akabata bhandi rake achiita seanorishwetedzera. Kana newewo waibva watofunga kuti ndiko kuya kunonzi kusunga kuti dzibate. Ipapo njema dzake waidziona kupenya mazino adzo achinyenama seaivavira kuruma chero mitswi yemazioko. Uyu ndiye ainzi Chari.

Vakomana vakavingwa naVaMasa. Chari ndiye akavapa ruoko pakukwazisana. "Makadii zvenyu sekuru?"

"Ndichidiiko? Ndiwoka mabasa esvatu yamafambira!" Vakadaro vachibva varegedzera museve wemate muvhu ndokupfumbudzira nenyatera vakatarisa rutivi.

"Ini ndinonzi Sajeni Chari. Uyu mumwe wangu ndiSajeni Zambuko. Tabva kuDhengenya. Tingamboonawo here vakuru vemusha uno? Kana sabhuku vacho varipo tingafara chaizvo."

"Sabhuku wamunoda ndini! Maita zvakanaka mauya. Izvozvi ndiri kutoshaya kuti nhume yangu magoisiyepi! Uyu wenyu wamafambira haachagari nhambo huru asati asvika pano. Ndatoti ainde kunotorwa kwatakamuchengetera. Ndagara ndati munogona henyu kumumirira muri pano."

"Tafara zvikuru kukuonai nekukuzivai. Ndimi makatibatira musha uno. Tanga tati timbonzwa muchitinyeurira zvishomane chiri kutora nzvimbo…"

"Haa, hapana hapo zviripo. Tanga takakumirirai. Zvino masvika. Chotora nzvimbo totochiona tose kubva zvino. Munhu wenyu ari kuuya nemachinda angu andatuma kunomutora kumba kwake. Takanga takangokubatirai hedu kuti muzongoita wekuraichira mungorovhani yenyu nekupinda muzhira." VaMasa vakabva vatozembera zvavo pamota ndokutsvaga kunongora mazino aiva akapaikidza nyama nechokumatadza.

Chari akapota kuseri kwemota ndokunokava vhiri akaisa maoko ose muhomwe. Paakadzokera mberi akanonyika ruoko nepahwindo ndokubva achachura kabhuku kake kaiva kakaruma chinyoreso. Akatarisa sabhuku ndokuti, "Chimwe chikumbiro chedu ndechekuti tigoonawo anonzi Simba Maisva kana ari pano tisati hedu tapinda mune zvakawanda."

"Simba Maisva hamuchagoni kumuona pano. Ndiye watakaunganira tikaradzika pamunoona mavhu kuchuru uko."

"Tinoda kuona munhu akasvitsa shoko rekupondwa kwemunhu kuDhengenya nezuro."

Uya sazita waMaisva ndipo paakaswedera akasimudza ruoko. "Ndini Simba Maisva. Pamusoroi, ndine hurombo kubva ndangoita sekupindirawo zvangu."

VaMasa vakabva vaviruka vachinomira pakati paSimba nemapurisa. "Ndiwe Masamba here unobva wangogamhira mudenga zvausingazivi? Hausiwe wandakatuma kunotora vanhu ava! Iwe wakatoswera uchitivhiringidza pano, ndiwe woda kumukirirana neni zvekare! Uri munhu wepi ane tsika yakadaro?"

Chari akapota nerumwe rutivi rwaVaMasa kuti apinze Simba mudariro. VaMasa havana kufara nazvo. Vasati vawana mukana wekuramba vachimudziva, mukomana akasimudza ruoko rwake zvekare achibva adzokorora kududza kuti ndiye Simba Maisva aiva akwidza nyaya kuDhengenya.

"Ndini Simba Maisva. Ndafara kuti mauya, nyangwe hazvo mawana tatangirwa zvizhinji ne*programme* yavo pano. Mumwe angatoti mafambira dhongi rakaora. Mangozvionawo kuti takanganisirwa *evidence* yezvataityira pafiro dzemunhu kana zvaakafira. Munhu akafamba kuuya ikoko nezuro kuzopa *report* ndiye mumwe angakasira kukubatsirai ne*investigation*. Hatisati tamuona kubva zvaakabva pano. Chivimbo chedu ndechekuti makabva mamubata achisvika ikoko. Ndingapedzisira nekukunyeurirai hangu kuti *already*, pano panga patotanga kuparadzwa kwefuma ye*suspect* yavakazvigadzirira mumusha muno." Achipedza kudurura mashoko ake, Simba akamira zvake pakadaro ndokupeta maoko. Ipapo akabva atarisa kuna VaMasa akaita zvekuvanongedza nechirebvu chake akapira gotsi vasharukwa vedare rekwake.

Wedu Sungano akazosvikawo achibva kuya kwaShuvai namai vake. Mai nemwana vakangopindawo mukati megungano vakatsikitsira. Vakatoona Magocha aripowo pakati pechaunga. Sungano akanomira paitambwa nyaya ari parutivi rwaSimba.

Mhomho yemusha yakaswedera ichifirira kwazvo kugadzana pasi nekunyarara kuti pasawana anosaririra pakunzwa makwara matsva enyaya. Panguva iyoyo, vamwe vanhu vakabva vasimuka vachiona vana Jadhiya vachiri chinhambwe vachiuya paMaisva. VaMasa vakatsvaga ndokushaya munhu aifamba achiita zvekundundurudzwa pakati penhume dzavo ndokuita sevachadambuka neshungu .

"Inga handina vanhu musha uno wose! Nhai Masamba uripiko iwe? Ini ndinoda vanhu vanoita nemo chaimo zvandinenge ndavatuma! Kana manzvengwa ndipo pamuchaona kuti ndinomedza munhu akadaro! Ava vanhu vandarega vari pano ndavavimbisa kuti munouya nemunhu wavo vadzokere naye kuDhengenya!"

Jadhiya ndiye akachimbidzika kuswedera kuzodzimura mwoto. "Hatina kunzvengwa. Pataona mota yemapurisa tabva tangodzoka tichiti zvizongotiitira nyore kubatsirana navo kumutora pasina kunzvengwa kwamuri kutyira."

VaMasa vakabva vatendeukira Zambuko naChari voti, "Vanhu vane munhu wenyu ndivava. Chibatanai munotora munhu wenyu muinde. Toda kugeza maoko edu tizorore. Hatichadi kuramba takachengeta dusvura mumusha muno."

"Tingakubatai muromo musati manyanya henyu kufamba nenyaya yenyu sabhuku. Tingada kukuzivisai kuti pano ndipo pari kutotangira nyaya yedu. Kana manga muchifunga kuti nyaya yatogonya sezongororo, chimukai kuhope idzodzo." Chari akadaro kuna VaMasa ndokuswedera kuya kudivi raSimba oti, "Ndiko kutotanga chaiko kwenyaya. Tochibva pano naiwo machinda abva kusvika tivambe basa. Handei!"

Mapurisa akatorana naJadhiya nemachinda ake. Simba naSungano vakapindawo paboka iroro vogadzirira kubva pachaunga. Vakabva vabatana kuita varume vashanu vakakomba chiya chirata chekufondodzera vashakabvu.

Zambuko akazodaidzira kuti mumwe azogara mberi achivaraira kufamba kwaivasvitsa kumusungwa. Jadhiya akati Sungano anogara nemapurisa kuya achivarairidza pekufamba napo.

Sabhuku Masa vakambomirisana naChari pakare paya vachidya mwoto. "Imi vanhu *haikona* kuita kunge makazvarwa nepamupimbira. Misoro yenyu ndatoona kuti haitori kwazvo. Inga taitofa hedu kuti zvakapera zviya zvekupinda chipurisa nekureba. Hapana kana kwaye pavanhu vomozviswededzera pedo. Kana iriyo tsvete yamakateya takagara taiziva zvedu…"

Zvose izvozvo, kana ari Chari akanyatsozvinzwa akasamboratidza kuti kune chaiva chasvika kwaari. Akatoswederera VaMasa asingabvisi ziso pavari. Riya boka renhume dzekwaDyiwa rakaramba zvaro riri panzvimbo dzaro mumota.

Sabhuku Masa vakafinyamira Chari ndokugwagwadika zvavo mumanyatera avo vokanda ruoko mudenga vachimufuratira. Vakatotsvaga pekumira kuti vagarise vanhu vavo pasi.

Chari akaita zvekuvinga VaMasa achikazaira kwazvo, Zambuko ndokubuda mumota.

"Timbokubatai muromo vakuru." Chari akadaro ogunzva ruoko rwaVaMasa kuti vamucheukire.

"Kana ndirini handidi zvenyu zviya zvetsvete. Ipo pano apa muchadeiko, kana ndikati ndivhunzewo zvangu? Zvamanga mati moinda, mamushaiwa here munhu wenyu?" VaMasa vakadaro vakachiita zvekutarisa mapurisa nepafudzi.

Chari akabudirira kwazvo kudzikamisa inzwi rake oti, "Aiwazve vakuru vangu! Tanga tisingadi kuti tiite zvinhu zvedu tichikakavadzana. Iko zvino tiri kusiya tati mutigadzirire zvinhu zviviri chete."

"Chekutanga chacho!" NdiVaMasa avo.

"Chekutanga ndechekuti mutipewo mawanire atingaita zviya zvombo zvamakawana pamushakabvu."

"Zviya zvandamboreva nechipurisa chenyu ichochi! Manga marongedzana zvakanaka nevanhu vandakupai. Zvino mazodzoka seizve muchingova naye munhu anoziva kune zvombo zvedusvura? Chimuvhunzai Zanda akuudzei kwaakazvitsveta."

Wedu Zanda aiva zvake arimo mumota achitarisisa kureba kwerwuya rurata rwevashakabvu. Mufungwa dzake ndimo maingoti dzimwe ndafura dzevanhu hadzingakwani murubhokisi rwakadai.

Zambuko akakwiridza magirazi ake achitarisisa VaMasa. Akarodza inzwi rake ndokuti, "Ramatonzwa ndiroro! Makabuda mugwara zvisina akamboona pakuvhara umboo pamushakabvu tisina kumbomuona kana kumubata. Takasiona vanhu vachifukunurwa kune dzimwe nzvimbo nemaitiro iwaya. Isu tombobva pano. Hatina nguva tisina kudzoka. Fanai henyu kutsvagana nevanhu vose vakasvika pedo nemushakabvu kana kumubata tisati tadzoka. Tauriranai henyu zvakanaka nevamwe venyu mutitorerewo munhu wedu pamakamuisa tishande zvakanaka."

VaMasa pavakanzwa mashoko aZambuko vakaita kuviruka ndokutadza kuzvidzora pamuromo. Vakafamba vachiinda kumadzisahwira avo ekwaMaisva. "Mugovera uno taipembera tichiti takarangarirwa nematenga. Zvino hezvo, vanhu ava vauya nenenji rinoti mvura iya irege kunaya. Anoteerera izvozvo pano ndiani? Vanhu vepi vasina kurairwa!"

Vazhinji vevasharukwa vakaita sekuti vainonoka kubata mashoko aVaMasa.

Sabhuku vakabva vadaidzira zvese nekuvanhu vavo kuti vabate chaizvo kwairerekera mapurisa. "Heyi vanhu! Idzi mbovora dzinoti tifukunure hama yedu yatakati izorore murugare!"

Zambuko akabvisa magirazi ake ndokuti, "Kana mukafurira vanhu vanofanira kukubatsirai basa iri muchariita mega mugonovharirwa mujeri ramusingabudi imi vakuru."

"Heyi vanhu! Ndinoona sekuti vanhu ava vanoda kuitwa chegore riya! Ndinotoona hangu kuti havazivi kuti ano magariro eGandahari takamapinda sei!"

VaMasa vakacheukira Zambuko vachihuta nehasha ndokuti, "Idzi mota, regai ndikunyeverei vakomana! Muchenjere henyu kuzodzisiya kuno. Vamwe venyu vakazombobva kuno vakabatira shangu mumavoko. Rwendo runo ndinoona kuti mabhurugwa ndiwo amuchamanya achidonha ndove!"

Mudariro makapinda vamwe vakuru vemhuri yekwaMaisva vaiva nenzeve dzairatidza kuti dzakaboorwa nemberi kwebanga pamakore ekare kwazvo. Mumawoko vaiva vakabata chimucheka chakaita zvekuputira musoro wetsvimbo yavaidonzva nayo. Vakuru vaye vakasimudza tsvimbo yavo ndokuedza kunongedzera Zambuko nayo.

"Tisu madzibaba omunhu avete apo. Zvawareva izvozvo tigere kumbozvihwa kuno. Kana mada imi mochifukunura tibve pano." Vakaregedzera museve wemate uchibva waita kunopfekera mumavhu pedo neshangu yaZambuko. Voruzhinji vakabva vati mwiro-o.

"Zvamunoreva tiri kuzvinzwa vakuru. Patasvika nenyaya pochifanira zvino kutiwanisa humboo pamunhu wedu wamakatichengetera. Tinoziva chose zvazvinoreva kwamuri, asi tinobvumirana tose zvedu kuti tichiri pedyo chaizvo nezuva rakapfuudzwa mumwe wedu. Tikaira tabva pano, mazuva angadurikidzana mukazosvika pekubata basa iri pasisina chakanaka. Munhu anototi afukunurwe pamakamuisa anoongororwa."

Vakuru vaye vakaita sekuseka zvavo ndokuti, "Ini ndinoona sekuti munoda kunakidzwa henyu nekukanya mavhu pano. Kana ariwo maitiro enyu muchabatana nechezhira huru. Iye wamanga moinda kunotora aramba here nyaya yake? Humbowo hwake hunoti kudii?" Vakapukuta musoro wemudonzvo wavo votarisa kuna Chari. "Newevo ndiudze kuti taisvika riini takakumirirai mumba nemushakabvu akabvarurwa kudaro! Kuno hakuna asingazivi kuti paDhengenya hamuna mota. Nyaya dzose dzamunofambira kuno munositora mazuva mangani musati masvika?"

"Ipapo panoti munhu akabvarurwa ndipo patati titsvage nguva ichipo kuti aibvarurirwei." Chari akapeta maoko ake ndokunanzvira muromo akatarisisa mumaziso evakuru vemudonzvo wavo.

"Chazonyanya kushamisa ipapa chiiko chaizvo? Ino nyaya ndiyo yomoita kunge munotevedza makwara ebasa chaizvo! Kana iri nzvimbo ino munozviziva imi yaigara ichingofiwa zvamusina kumbogara matevera. Iye womoda kufukunura ndiye achamuka here akakuudzai kuti akabvarurirwei? Chiindaika munovhunza wacho nyakucheka munhu kuti, 'nhai bhururu, ko wakazviitirei?'" Rwendo runo vakaregedzera chifuramabwe chedzihwa chakapotsa Chari nekunzvengesa shangu yake. "Kana ari wedu, isu takanga tatozvipedza zvedu kuti kana achirwa avete tizvione. Uyu ndiye watisingabati. Ndinopamha kuti kana muchida mochimumutsa mega isu tisipo. Kana mazoda monopa imbwa dzenyu ikoko dzikore."

Mapurisa akafuratira vakuru vaye ndokuswedera kumota. Vakataridzwa Zanda kuti vambonzwa zvemidziyo yekuwanikwa pamushakabvu. Akavaudza kuti yaiva muguru maakaikanda kudondo ikoko. Ipapo VaMasa vakanga vave mujinga vachinzwawo kureva kwaZanda.

Gwara remapurisa rakanga zvino rochinongedza kuti pavainotora Dyiwa vabve vaindawo nekwakawanikwa munhu. Ipapo VaMasa vakabva vanyevera boka revatana vaye kuti mapurisa aiva oenda kunoumburuka pakafira mwana wavo mudondo. Vose vakabva vati nyandu nemidonzvo yavo.

Kungosimuka kwakaita mota yemapurisa, Sabhuku vakagarisa mhomho yose pasi. "Vakomana ava havachafaniri kuramba vachidzembereka mumusha muno nepanzvimbo dzatakati hadzichafaniri kutsikwa kana kupfumbudzirwa. Ngatigare takateya kutinhira kwemota yavo ichitsaukira kuchikomo."

Ikoko kuviga munhu chirikiriki kwairamba kuchitusva chidokwadokwa chekuongorora mushakabvu, zvombo zvakashandiswa, naipo paakabatirwa mudondo. Mapurisa akava nechiga chekutanga nekunonzwa divi raDyiwa asati apfuurira kuziware remabasa mavi.

Sungano ndiye akanga achirairira mafambiro ekumba kwavo. Chari akavhunza ukama hwaiva pana Sungano naMaisva ndokuchinzwa kuti baba vake ndivo vaitonenerwa kubata Maisva. Sungano akazoti uku anodira nhoroondo yake, uku anorairira kufamba kwaZambuko.

Sungano aiva mudzidzisi anoverengwa pane vamwe. Aiti kana akadzamisisa nezvebasa rake oita seachanzwira tsitsi vose vasiri varairidzi. Paakaita kamufambo nemapurisa ndipo paakazodzamisisa kuti arikowo mamwe mabasa. Chakava chimvuramabwe mivhunzo neyaasina kufungira ichinaya.

Mapurisa akazviona kuti Maisva aiva abatwa asati asvika kumba kwake. Vakafambiranawo naSungano pakutsvaga kucherekedza kwaiva naMaisva munguva yose yakazotorwa naDyiwa pakuenda kumba kwake achinourairwa huku nekuidya asati anobura uchi. Nzvimbo yacho yaifanira kuongororwa ipo payaichengetera munhu achimirira kuzongourawa badzi. Muvhunzo wekwaiva naMai Sungano hauna akapindura.

Zvikonzero zvekubatwa kwaMaisva achizourawa zvaifanira kubuda pachena. Iyo mhondi kana yaiziva kuti munhu akanga anotora mazakwatira ake emari yaimubatirei ichizongosiya zvayo homwe dzakadaro? Fungwa yekuti mushakabvu afukunurwe yaibva yaramba ichidzembereka mudariro.

Anonzi Simba Maisva aiva akwidza nyaya yekupfuudzwa kwaSimba Maisva. Shungu dzaSimba mupenyu dzaiva pakuzobvuraudzisa imvi dzaVaMasa nendebvu dzevasharukwa vedare rekwake. Airwaririrawo kwazvo kuti mapurisa asadzokera asina kuvheneka mikonyora yaiva yatora matsomondo ekuwanikwa pamushakabvu. Akakungura kwazvo kuti dai mapurisa eDhengenya awaniswa zimota gumbakumba rinouya rizere vaya vemaponda kuzoraichira makororo aiva afumira kutinha mombe dzemuridzi zvekusiya danga roveswa.

Simba akanga atsokodzera nezvezita rinoti Masamba. Zvaiti pamidziyo yekuvigwa musango nepaya pakunotora mapurisa… Zvaidawo kuzozivikanwa kuti mapurisa acho aiva afambirwa naMasamba aiva mapurisa ekupi. Iye Masamba wacho aiva aripi?

Vachisvika pamba paDyiwa, mapurisa akanga ave netariro huru yegwara rakapfumbira. Chari akatarisa musha waDyiwa ndokumbovhara kabhuku kake achibva kutamba naSungano mudariro. Zambuko akamisa mota pasi pemuti waiva necheseri kwemusha waDyiwa. Ngoro yaDyiwa yaiva pasi pemuti wekare kune rumwe rutivi. Chari akasekerera achirava padumbu pengoro iya paiti **J.M. DYIWA & TWO SONS; SARA PAVANA EXPRESS.** Nechepamberi pemusha paiva pane munda mukuru wemiti yemichero yaiva isati yanyanya kukura.

Sungano akatarisa musha wavo ndokudzokera mukudzamisisa kuti baba vake vaiva vatoitwa nhapwa pamuzinda wavo. Ndipo paakatangawo kucherekedza kuti akanga asina kuona munin'ina wake Tichaona kubva pakusvika kwake. Mai ndivo vaakanga anzwa nezvokuchema kwavo kwakazoparira baba. Chishuvo chake chakava chekuzovabata ruoko pakupenengurwa kweumboo hwekuchenura baba vavo.

Imba yaiva yavharirwa Dyiwa vakaiona yakati zvayo mwiro pakati pedzimwe. Mapurisa akamboramba agere mumota muya achitsvaira nharaunda yemusha nameso. Wedu Jadhiya ndiye akabva ananga kumukova wemba iya yavaiva vatenhera munhu. Zambuko akachimbidzika kubuda mumotokari nekunomisa Jadhiya. Vakabva vamboitazve kanguva vakamira chinhambwe kubva pamukova wemusungwa.

Pave paya, Zambuko akazoraira kuti vachizarura imba iya. Rwendo runo Zanda ndiye akananga pamukova. Vamwe vose vakaramba vamire kwakadaro. Muchinda akaita seachaimba zvedi kuti pamukova paiva pakasungwa neruhwaya. Akazosunungura hake papera chinhambo, ndokukochonora chihuri. Akaguma nekusunda mukova kusvika wati bherengende. Paakakanda ziso mumba akabva ati, "Hamuna munhu varume! O-o, o-o!"

"Nyatsa kutarisa mhani! Zvingaitika sei izvozvo?" Jadhiya akadaro achikodza inzwi. Ipapo akanga abudisa ziso achisundira chirebvu chake divi kupa chiratidzo chekuti Zanda apinde mukamuri remukati.

Zanda akapinda ndokutarisisa mumupanda wemukati. Akabva ati nyangara imomo. Vaya vekumira chinhambwe vakatoita zvekutsikitsira pasi vachiteya kunzwa kutaurirana kwaZanda nemusungwa. Vakazoguma nekucheukirana vachiti pawane angatanga kumutevera.

Chari haana kusuduruka panzvimbo pake muya mumota achiteverera zvose zvaitora nzvimbo. Wedu Sungano akaramba agerewo mumota mekare.

Zambuko akazoudza Jadhiya kuti atevere mumba vabude nemunhu.

Mumba makanga musina kumira zvakanaka. Zanda aiva ati zototo azendama pamukova wekupinda mumupanda wemukati. Mberi kwake kwaiparura hana. Zvaiva zvotoda kuti agozosimudzwa kubva paya pamukova. Jadhiya akaninira Zambuko kuti apindewo mumba. Hakuna akamutevera. Simba akada kuti aswedere kumukova Zambuko ndokumudzivisa. Jadhiya akabuda ega kuzodudza kuti mumba makanga musina kumira zvakanaka.

Dyiwa akanga achiri mumbiradzakondo dzake. Chaiva chogura meno ndechokuti akanga asisapfakanyiki. Murume aiva akagunduruka semhembwe yakapwatswa nedhibhura madeko. Uno musoro waiva wakatarisa kwawo wega uchiita kunge waiva wakapfurikidza paya pekucheukira divi. Kana ari maziso hakuna aigona kutarisa akazoda kupamha zvekare. Rurimi ndirwo rwairatidza kunge rwaivavarira kunanzva pasi. Muviri wose wairatidza kuti wakanga wazvimbirira. Wedu Dyiwa akanga asisiri panyika yevanonzi chimbogezai tidye sadza.

Simba akada kuti apinde mumba muya ndokubva adziviswa naZambuko zvekare. Rwendo runo musoro wake wakamhanyira kufungira hama dzake dzaiva dzamukira kuzozarura danga remuridzi. Zvimwe zvacho ainzwa achida kubva aita kutuma mapurisa kutarisawo paipisira mwoyo wake nyaya ichifamba.

Zambuko akazopindawo mumba ndokunopedza kanhambo arimo. Paakabuda, akaenda kumota ndokunoraura Chari kubva pana Sungano. Vakambozevezerana vari parutivi.

Chari ndiye akazovhura kabhokisi kaye kekumusana kwemutyairi ndokunyurura kamwe kabhokisi kaduku netochi yaiita seyomumugodhi. Akasiya Zambuko ave mumota naSungano. Hameno zvavakasara vachin'un'uzhirana.

Chari akasvikopinda nemidziyo yake mumba muya ndokumboti nyangara akadaro. Akatora nguva yake achiti pano azora, pano anama, pano anamanura. Akazoti apedza izvozvo

120

ndokumboramba akatonona mekare achinyora zviwanikwa zvake. Pamwe pacho aikungura kuzviwanira midziyo kwayo yekutoresa mifananidzo panzendo dzakadai. Akazongodzungudza ndokubuda achisiya avhara mukova. Akaraira kuti munhu wese achinomira kwakadaro. Akazodzokera kumota ndokunorongedza zvinhu zvake. Akazopinda mumota muya ndokumbovhara mukova vachimbogarazve kwechinhambo.

Hapana aigona kuona kudumbirwa kwemapurisa. Dyiwa atova mushakabvu pasina kana shoko rimwe rekunzwawo kwaari. Vaiva votofanira kusunga dzichibata kuti vatozomore nyaya kumanhengatenga kwayakanga yovavarira.

Sungano akazobudiswa mumota mapurisa ndokumbosara zvawo achizuwirana. Chinguva chishoma chaakazomira naSimba, Sungano akanga ave nechadzera pakutaurwa kwaMasamba. Akanyeurira Simba raaiva anzwa namai Shuvai rekuti Masamba aiva mumusha.

Simba akanga atononokerwa kwazvo nerokuti mapurisa achikasikawo kutsvaga Masamba. Shungu dzake dzakavewo pekuti mapurisa ekumaruwa agariswe nezvitopota zvembwa zvekuzopota zvichirondeswa mihwezva yepanenge papinda neny'asire. Apa mapurisa aitoda zvawo kutanga nekupinda mudondo achinonokera zvose zvaivavirira shungu dzake.

Chari naZambuko vakazobuda mumota vave netudikita kumeso. Wedu Zambuko akambosimudza kaheti kake zvishomane. Izvi aivavarira kukweva kamucheka kekupfava kaaiva akadengezera nechomukati. Akabva ambobvisa magirazi ake omapukuta.

Pavakanga voda kudaidzana neboka ravo ndipo pavakaona kuti mumuti wemota yavo maiva nemunhu. Uyu aiva wedu Tichaona ainge akati nengesva kumatavi enharirire yamutiro. Zambuko ndiye akataura naye kuti aburuke.

Pakutanga, Zambuko akanga afananidza Tichaona neuya mwana wavaiva vapiwa kuchikoro kuti avataridze paMaisva. Vakazozivana zvavo ndokubva Zambuko anogara mumota kudivi raChari. Izvi aiva akaita zvekuvhura mukova nekubudisa makumbo panze. Akamisa chedu chikomana akachifuratidza boka riya rekumira mberi kwemba yaDyiwa. Chari akauya omira akaita kuzendama nemota zviya zvekuti aite mupfupi kuenzana nemwana.

Zvaipisa tsitsi kunzwa mwana achitaura zvakanga zvaitika pamusha kubva manheru eMugovera. Misodzi yaidzika painodira mwana achihididza neshungu. Pakutsanangura kubatwa kwababa vake paiva nerungano rwekushungurudzika. Mwana akasvimha misodzi achirondedzera zvaakaona nekunzwa baba vake vachiitwa pakati pemusha. Rimwe shoko rakazopinda mudariro raiva rekuti, kubva manheru aye eMugovera, Dyiwa haana chaakazokanda mumukanwa.

Mapurisa akazoda kuzivawo kuti Tichaona aivata muimba ipi. Apa vaida kuziva zvaangadero akanzwa zvichiitika kuimba iya yaiva nababa vake. Muvhunzo wekwaiva namai hauna yakangova nhururamisodzi.

"Uuu, ini madeko handina chandingati ndakanzwa. Ndingati pamwe dzaiva dzakanditsikirira…"

"Ko iyo imbwa yenyu yawati yaipenga zvekudaro husiku huya hainawo here payakambokumutsa?"

Mwana akazotaura ochema. "Handina kumboinzwa. Ndamuka ndichiidana nhasi haina kuuya. Pandazodzoka kuno ndichibva kwandanga ndatizira ndipo pandaiona kumiti uko yakangoti rabada…"

Hama dzaMaisva dzakadzoswazve mudariro potaurwa zvemarume aiva amuka achitandanisa mwana paya pakuzarura danga.

Havo vonyenyeredza musha kuti vanoona pakafira Kusaziva. Zvavanoona padariro raKusaziva havana wavanoudza kana kuvhunza.

Tichaona akazowana kamukana ndokungosvetukira mukoma wake. Mwana akabva aita zvekuzhamba akamonera mwana wamai vake sechinhavira.

Mapurisa akazopinza urongwa hwekufamba nezvimwe zvikamu zvebasa. Vakabva vati riya boka ravaiva vauya naro richidzokera mumota.

Chari asati apinda mumota akambomira naTichaona ndokurumbidza huchenjeri hwaiva hwamukwidza mumuti kuti aongorore zvaitora nzvimbo pamusha. Akazoguma nekumubata pafudzi oti, "Iwe uri munhu anga asiri kuvata zvakanaka. Ukazokwira mumuti zvekare ungakotsira ukawa. Hatinonoki kudzoka."

Simba Maisva haana kufara nefungwa yekusiya Tichaona mumusha ari ega. Haana waakaudza otyira hake kugurwa muswe nemapurisa.

Tichaona akatarisisa hama dzake dzomusiya. Misodzi inopisa yakaturuka ichidzika nedama.

Rwendo runo Zanda ndiye akagarisana nemapurisa mumota ari pakati pawo. Aiva achirairira mafambiro ekuziware remabasa nekupindura mivhunzo yemapurisa. Chari ndiye aiva ari pamukana wekunyora zvese- nezviwanikwa zvaitururwawo naZambuko.

Zambuko ndiye akatanga nekuti, "Sabhuku wenyu makamuwana kupi?"

"Ndivo vene venzvimbo ino."

"A-a, imi! Magariro matsva anganzi ane muridzi here kana kuti munoita zvekuvhotera vakuru venyu?"

"Ndivo vakava boka rekutanga kufambira ugaro huno."

"Ho-orayiti!" Zambuko akadaro achipinza mota nepaainongedzerwa naZanda. "Imi maivapowo here pakuvigwa kwemunhu?"

"Kwete."

"Maivepi?"

"Taiva tichivhiya mombe."

"Vanhu vangani vanoziva imba yamakavharira musungwa watanoona."

"Tiri vatatu chete takadai; ini, Jadhiya naKainos uyu."

"Sei imi mafunga kuti mumba manga musina munhu pamazarura mukova?"

"He-e?"

"Yaa! Paya mangotika imi hamuna munhu imi musina kumbopinda muimba yemukati."

Wedu Zanda akaramba ari zii-i!

"Kana makasiya musungwa muimba yekutanga, imi munoti mukati macho akazopinda sei nekusungwa kwaanga akaitwa?"

Zanda akangotaura zvaaiziva.

"Vakasvikawo pachitunha chaipo mudondo ndivanaani?"

"Tevedzai ruware irworwu muchingoonavo pamungapinda napo tichiinda kudenhere iro."

"Zvakanakai. Ndati vakabata chitunha ndivanaani -ndingati vakakwanisa kunatsoona mavanga emushakabvu?"

"Ndingati zvekubata chaiko vakatanga ndivana Masamba naJadhiya. Vekuzosara vachitakura vanozikanwawo naSabhuku

Masa, Mudonhi nevakazosara voshanda naye isu touya kuzokubatirai Dyiwa."

Chari aingonyora zvose. Rwendo runo akanyora ndokukasira kutaura pachiovha chaiva mumota. Aitoita zvake seanotaura nevanhu vekure iye achirova chibhende chebasa kuna Zambuko. Kana ari Zanda aigoudzwawo naani kuti chiovha chacho raingova veve renzungu risina kana mwoto?

"Mumire kana masvika pagavakava iro ratanangana naro."

Zambuko akanomisa mota muzasi meruware. Vakamboramba zvavo vari mumota vachipedzisa mivhunzo yavaiva vamutsana nayo pakugara naZanda.

Mapurisa akazoburuka mumota naZanda ndokunomira nechokumashure, kuboka ravaifamba naro. Chari akazofamba naZanda kuenda kumwena wekukandwa zvombo.

"Ko iyi heti ingava yaani zvekare?" Chari akavhunza achinongedzera ngowani yaiva yakapfakama murufandichimuka paitangira ruware.

Zanda akaitarisa ndokungoshamisa muromo. Sungano ndiye akazodaidzira ari mumota muya mavaiva vasara, "Heti yaVaMaisva nhai imi! Vaiva nayo vakatoipfeka mubhazi tichibva kuMutora."

Chari akaninira Sungano ruoko kuti auye. Pakarepo, Sungano akaburuka mumota onanga kuya kwaiva naChari naZanda. Simba akada kuti ateverewo ndokubva Chari asimudza ruoko zvekuratidza kumudzivisa.

Sungano ndiye akazova nebasa rekutsanangura kufamba kwavakaita kubva pazimuonde remuDzimidza kusvika vaparadzana naMaisva achinongedzera nzvimbo dzacho. Imomo mukunongedzera ndimo mavakaona zvekare kaye kanhava kaiva kakatakurwa naMaisva pakuburuka bhazi. Kaitova zvako kakapfozokera mekare mumafuri epaivambira ruware.

Vakamboyengerera chaizvo ipapo panzvimbo yaiva nekanhava kaMaisva mumafuri. Vakatevedza ruware ndokumbodzembereka mumakwenzi, Chari achifamba naZanda wake, pamwe naSungano. Vaivavarira iroro gwiringwindi raiva rakandwa zvombo pamwe nekuedza kutsvaga mufambiro ungadero wakaitwa naMaisva. Kana Maisva akanga amirira Dyiwa kuti angozourawa zvake musango, aigomumirira pai?

Vakapota seri kwedenhere.

Paboka rekusara pamota pakazova nekukatyamara vachiona vatana vedu vaye vakatungamirira boka raibva kwaMaisva.

Mhomho yakange iri mumashure ichingotevedzerawo kunonowara kwenhungamiri. Vose vakazofambisa vachipindira boka revasharukwa zvichiita sekunge vaiva voita nhangemutange.

Vemberi zvakava zvipembenene muruware vachipfuura nepaiva pakanangana nemota. Izvi vaiva vovavarira muti wemukoko.

Zambuko akaramba amire pamota neboka rake. Akatora chimucheka chake ndokubvisa magirazi nerumwe ruoko achiita seapusa achishaya chekutanga kupukuta, kumeso kana magirazi. Akazoshama muromo ndokufemera magirazi ake runenge rutatu achiringanisa zvese nekumapukuta. Akazoguma nekupukuta kumeso nechimucheka chekare asati achidengezera zvekare pasi peheti.

Mumazuva maviri ekuungana, vanhu vemusha uno vaiva vadzidza tsika yekukasika kugadzana pasi nekunyarara kuti pasawana anozosaririra. Zvaingoti vatanga kusvika voita mugariro wavo vakanyarara zvavo vachiona zvaiva mudariro.

Pakazoita vamwe mai vakasimuka paboka rekugadzana paruware. Meso aiva ari pamuti uya wemabasa. Ava vaiva mai vaShuvai. Vakarishaya simba rekusvika mujinga memuti ndokuti gwadagwa seuya munhu anobatwa nemanyoka. Wavo mwana akatevera ndokusvikoti mujinga mavo vhorokosho.

Vepamota vakatozocherekedzawo kuti mumuti wekuunganirwa nemhomho yedu maiva mave nezvitsva. Pane mujaya aiva asarudza davi rakaderera kwazvo mumuti wekare. Muno mutsoka makanga musina shangu. Aiva achingorembuka zvake akagonyerera makumbo seuya aitya kutsika hubvu. Nhumbi dzaaiva nadzo ndedziya dzekupfeka paruvato. Ino huro ndiyo yaiva ichiita kunge ichadambuka norushwidu rwetambo rwakafungisa vamwe misungo yavaiteya pamazuva ekutanga mumagariro matsva.

Zambuko akaridza muridzo wakawana chaunga chiya chiri kutsi kwendangariro. Izvi kwakanga kuri kudaidzira Chari aiva opedza gore kugwiringindi riya rekukandwa zvombo.

Chari akaridzawo wake muridzo wekuti Zambuko atouya ikoko kuseri kwedenhere.

Sungano akaita seanzwa manyoka chaiwo kurira achifananidza bhasikoro ravakawana mumakwenzi naChari wavo. Ndangariro dzake dzakamusvitsa pane riya raaiva atengera baba vake. Pavakauya kuzobura uchi vakaita zvekuzvifambira netsoka dzavo.

Ravo bhasikoro ndiro ravakasiya mumba rikazova nenhoroondo yekunodaidza mapurisa eDhengenya. Rino rekudenhere raiva rakapondoka nekugujunuka. Sungano achiritarisisa aiona chimwe chitiviri chisipo, iwo mavhiri akatominama zvawo nekuputika. Huruva yaiva pariri yaiva isingatauriki patsananguro.

Zanda akatarisa bhasikoro akaita segwari rafumhwa nezinyamudzura regondo. Bhasikoro iri raiva idzva chairo, zvisinei nekutarisika kwaiva pariri! Akanga atomboona rakadaro pasina miswere miviri. Iko kutozoita tumwe tupepa twakasaririra kutanhaurwa pamitanda! Kuti afunge kuti ndiro raakaona, aishaya kuti rakanga razosvika muno mudondo naani waro richizosakara zvakadai.

"Maonavo here bhasikoro mumba mamapinda?" Sungano akaukanda muvhunzo kumupurisa naZanda wake.

"Wafungeiwo shamwari? Taura tinzwe!" Chari akavhunza.

"Bhasikoro iri rakafananisa kwazvo neratakauya naro neMugovera. Ndafunga kwazvo kuti pamwe vanonzi vauya kuzotinha mombe dzedu vabva varitorawo vakaita shungu dzavo iko kuno kudondo kwakafira hama yavo vachiriparadza. Hamuwonivo here kuti ndezvekuroverwa pasi izvi?"

Zanda akahutidzika miromo ndokuti, "Kuti riite rekwenyu zvinoramba pakuti ndiro rakatorwa parwendo rwekunodaidza mapurisa. Neniwo ndanga ndatoda kurifananidza kwazvo."

Chari akacherekedza nharaunda yebhasikoro ndokuritononera ozora zvinhu zvake, pamwe achinama nekunamanura. Akazoedza kusesedza bhasikoro kubva kuseri kwedenhere zvichiramba. Vakabva vatoita rekubatirana chaiko kusvika pamota. Vakashaya kuti bhasikoro idzva rakadaro raiva raonei chaizvo.

Kusvika kwavakaita nebhasikoro pamota, pachaunga chepamuti pakabva mumwe murume, iro ziso rakavhomorwa achikanda nhanho dzemakomba emufarinya.

"Mukomana akarembera uyo ndiro dangwe negotwe rangu! Ndipo pandinotangira nekuperera! Tsvagai Masamba muuye naye pano. Kana riri bhasikoro iroro ane nhoroondo yaro izere kusvika mumba mabva mujaya wangu. Tsvagai Masamba varume! Varume, tsvagai Masamba azotaura nyaya dzake dzose pano! Ndiye chaiye munhu wamafambira kuno."

Chokwadi, mujaya wekurembera mumuti aiva wedu Tafuma. Shuvai akaikwetsura mhere achiita seaitevera Magocha kumota yemapurisa. Mai vake vakashaisisa pekunyura. Wedu Sungano akangochenuruka miromo. Ndangariro dzakamugombera, shungu ndokumubwitirira achidzamisisa chironda chaiva chopedzesa baba vake nenhunzi. Akaswedera kumota otsvaga pekuzendamira.

RUTENDO

Rutendo rukuru kuna baba namai vangu pakundirera nenzira yakandipa kuva mwana anogona zvinhu zvakawanda. Ndinotenda rutsigiro runobva kune vose vandinozvarwa navo, nemhuri dzavo pamabasa angu ese semunyori nemudzidzisi.

Mhuri yangu yekubasa rekunyora nekudetemba handidi nayo. Tinashe Muchuri akava mupepeti mukuru weMAFUTA ENGURUVE kwemakore mazhinji ekunyorwa kwebhuku.

Ndinotenda madzikoma angu agara mumabasa ezvokunyora; Memory Chirere naIgnatius Mabasa pakundikurudzira kunyora nekudetemba. Vakaverenga MAFUTA ENGURUVE kubva paumbishi hwaro kusvika zvino raibva!

Trust Mutekwa akabvira mugore ra1994 achiruka nganoyorwa nenhetembo. Kudetemba kwake kwakamupinza muzvirongwa zvemakwikwi nemitambo mikuru muZimbabwe nedzimwe nyika ndokubva azivikanwa nerokuti Ticha Muzavazi. Zvinyorwa zvake zvinosanganisira mabhuku anoti Ticha Muzavazi's Nyunga Mbira Handbook, (2017) nerimwe rinonzi The Voice from a Maize Field, (2023). Ane nhetembo makumi nemakumi dzakadzidzwa muvhunzo dzepamusoro muzvikoro mumabhuku anoti Ngoma Yokwedu, Jakwara Renhetembo, Mudengu Munei naShoko Harivhikwi.

Mune mamwe mabasa ake, Trust mudzidzisi wemandiriri kuvana vasingaoni. Akadzidzira zveurairidzi kuMorgenster Teachers' College, kuUnited College of Education nekuUniversity of Zimbabwe. Akaparura kudzidziswa kwemaComputer kuvana vasingaoni munyika yeZimbabwe ndokuvamba mutambo weSpecial Schools Arts Festival.

Trust akazodzidzira zveSmart Cities, Climate Resilience and Sustainable Practices paLund University kuSweden.

Akapindawo muchirongwa cheTeaching Excellence and Achievement Fellowship paGeorge Mason University kuUnited States of America. Akave murairidzi wekutanga munyika yeZimbabwe kupinda muTop 50 yemakwikwi eGlobal Teacher Prize mugore ra2020.

Panguva yekutsikiswa kwebhuku rino, Trust akatumwa nenyika yake kuRwanda uko kwaanodzidzisa Art & Craft, Mbira, Marimba neSpecial Needs Education paNyamata Teachers' College.